LILIENFELDIANA
BAND 4

FELICIA ZELLER

Einsam lehnen
am Bekannten

Kurze Prosa

Für Kone

Felicia Zeller

05.11.2008

Yes we can!

LILIENFELD VERLAG

INHALT

ZUNIXKOMMEN 1

Wenn ich Kinder hätte, könnte ich so aussehen wie die, die Kinder haben. Mit dunklen Augenringen und dünnen, ausgelaugten Gesichtern sitzen sie auf den Sofas ihrer Wohnzimmer, aus deren Ritzen sie beständig kleine Autos, kleine Soldaten, Legobausteine und Popel popeln. Ihre Augen, unter denen große Säcke hängen, durchstreifen in steter Aufmerksamkeit das Zimmer, um möglichen Gefahren zuvorzukommen. Wenn ich Kinder hätte, könnte ich auch so ein edles, angeschwollenes Aufgabengesicht in meinem Gesicht / Fresse / Antlitz tragen, und ich würde dann nicht nur genau so aussehen wie die, die Kinder haben, sondern mich auch genau so bewegen. Denn Leute, die Kinder haben, bewegen sich nicht nur, wenn sie sich bewegen, sondern auch dann, wenn sie sitzen. Zwar bemühen sie sich, und sie bemühen sich wirklich immer wieder mit aller Kraft, entspannt und irgendwie interessiert neben dir auf dem Sofa zu sitzen, aber egal in welcher Unterhaltung man sich befindet, stets denkt man, in jedem Moment kann es passieren, in jedem Moment passiert es, gleich springen sie auf, um eine mögliche Katastrophe zu verhindern oder um irgendwas warm zu machen. Meistens handelt es sich dann um Milch oder Karotten oder Blumenkohl im Fläschchen mit ohne Salz.

Wenn man mit Menschen mit Kindern spricht, dann immer nur in einem Zeitraum, der zwischen dem

Schnell-noch-Warmmachen- oder Gleich-Abholen-Bereich liegt. Sie sind also ständig sprungbereit, nicht schwarz und edel wie der Panther, sondern eher wie kleinere, gehetzte Tiere, die selbst beim einfachen Verzehr einer Nuss in panischer Alarmbereitschaft zu stehen scheinen. Nur nie zur Ruhe kommen. Du kommst einfach zu nichts mehr, sagen sie und seufzen irgendwie glücklich, aber auch irgendwie anstrengend. Du kommst zu nichts, und wenn du zwei hast, und sie tragen das eine weg und holen das andre her, dann kommst du zu gar nichts mehr. Du kommst einfach zu nichts mehr, die ganze Zeit, und sie stehen auf, um schnell noch was warm zu machen, stehen auf, ohne sich zu entschuldigen, und kehren nach einer Weile mit einem Fläschchen zurück oder mit einer Karotte oder einem Stück Blumenkohl auf dem Kopf. Nur Menschen, die Kinder haben, können so kommentarlos aufstehen, denn in einer Familie ist alles normal. In einer Familie gibt es nicht viel zu diskutieren und nichts zu entschuldigen. Oder man hat einfach keine Zeit mehr, und vor allem keine Zeit mehr dazu, jetzt noch groß rumzudiskutieren. JETZT WIRD HIER NICHT GROSS RUMDISKUTIERT gehört zu den meistgebrauchten Sätzen, die Menschen, die Kinder haben, anwenden oder anwenden müssen, damit alles seinen Lauf geht. Mit diesen Worten stopfen sie JETZT WIRD HIER NICHT GROSS RUMDISKUTIERT den Blumenkohl in die Kinder hinein, mit dieser magischen Formel zerren sie die Kinder HIER WIRD GAR NICHT GROSS RUMDISKUTIERT zurück ins Kinderzimmer, zurück ins Bett oder durch die endlosen Gänge des DA WIRD JETZT GAR NICHT GROSS RUMDISKUTIERT Deutschen Historischen Museums.

Wenn ich Kinder hätte, dann käme ich auch zu nichts. Ich komme zwar auch so zu nichts, aber wenn ich Kinder hätte, dann käme ich so auch zu auch nichts und könnte dabei gar nichts für das Nichts. Das Entscheidende wäre, das wäre normal. Normalzustand, guter Zustand, unabänderlicher Zustand. Abgang.

ÄLTERWERDEN IN NEUKÖLLN

Seit fast sieben Monaten wohne ich jetzt in Berlin-Neukölln. Warum tragen die Leute hier eigentlich alle Jogginganzüge, fragte ich mich, als ich herkam, bis ich merkte, man muss sportlich sein, um hier zu überleben. Nirgendwo sonst in Berlin muss man so flink und wendig sein wie am Hermannplatz, wo man den allzeit schnell fliegenden Spuckebatzen ausweichen muss, die jederzeit von jedermann, ob vor, neben oder hinter dir, in überraschend großen Bögen ausgerotzt werden können. Neukölln ist ein besonderes Pflaster, es ist übersät von frischgerotzter Spucke. Doch jetzt ist Mai, die Bäume blühen auf, und die Menschen scheinen weniger zu spucken. Sie stehen nicht mehr verranzt und gebückt in den Ekken zum U-Bahn-Eingang, sondern lehnen dort in kleinen Grüppchen in der Sonne. Sie starren nicht mehr missmutig vor sich hin und rempeln dich an, sondern stupfen dich fröhlich in die Seite und plaudern auf dich ein: „Willst was, brauchst was?" oder einfach nur „Gras". Gras. Der Frühling ist ausgebrochen. Das Gras der Hasenheide färbt sich von braun nach bisschen grün. Kleine, hellgelbe Trampelpfade führen zur Hasenschänke, wo sich die Bevölkerung trifft, um dort die dunkelgelben Getränke in die von der Sonne beschienenen Körper zu führen.
Die Hasenschänke sieht aus wie eine Tankstelle. Vielleicht war dort früher auch eine Tankstelle, die Hasen-

tanke, bevor der Park drumrum gepflanzt wurde. Anstelle der Zapfsäulen stehen da nun Tische und Stühle, die im Laufe des Tages mit der Sonne und den Trinkenden immer weiter vom Zahlhäuschen weg-rücken. Es ist eben ein bewegtes Café. Am Morgen befindet es sich noch direkt an der pilzartig über-dachten Ausschänke, am Abend meilenweit davon entfernt.

Ich weiß das, denn ich gehe jeden Tag in die Hasen-schänke. In meinem Hasenkostüm sitze ich dort un-ter den anderen Hasen und nehme eine Art Kaffee und gegen später das beliebte dunkelgelbe Hasenge-tränk zu mir. Besonders Hopfen ist beim Hasen fast so beliebt wie Gras. Manche der Hasen tragen auch Jogginganzüge. Die Sonne scheint uns auf die lan-gen Löffel, wir sind friedlich, trinken und verrücken unsere Tischchen in einer regelmäßigen Bewegung, die alle Hasen ergreift. So vergeht der Tag in einem Hasentempo.

Die neue Wohnung, in der ich mit meinem neuen Jogginganzug wohne, liegt aber nicht nur in Neu-kölln, sondern an einem ganz besonderen Ort. An der Schnittstelle von Alter und Neuer Welt.

Die Alte Welt ist mir vertraut. Sie ist ein Biergarten. Seit siebzehn Jahren trinke ich Bier. Das hält jung, trotzdem wird man älter. Wenn man nur für sich sel-ber älter wird, merkt man das daran, dass man sich verbiegt, dabei mit dem Kopf aber die Zehen nicht mehr berührt. Oder man muss sich setzen und bleibt stehen, weil die Knie nicht mehr knickbar sind. Der wahre Alterungsprozess aber zeigt sich im Gespräch mit der Jugend.

Gestern zum Beispiel trug ich Altglas die Treppe hinunter. Wenn man über dreißig ist, stolpert man nicht mehr gerne über Flaschen, wenn man versucht mit seinem Kopf die Zehen zu berühren. Klassisch mit Jogginganzug und Flaschen bog ich am Treppenansatz um die Ecke. Zwischen Wand und Kellertür klemmten vier Jugendliche. Zwei Jungs und zwei Mädels, zwischen vierzehn und sechzehn, vielleicht fünfzehn, auf jeden Fall zu groß, um sich gänzlich unbemerkt als Haufen in die Ecke zu klemmen.

Was macht ihr hier, frug ich und fummelte an der Tür zum Hof, Verstecken spielen, oder was?

Kann ich Ihnen helfen, bot mir einer der Jungs an, er hatte mich gesiezt. Ich bin dreißig. Bitte helfen Sie mir über die Straße.

Ich bückte mich nach dem Altglas. Nein, danke, geht schon. Ich dachte an den kleinen, stolzen Vater aus „Schwarze Katze, weißer Kater", der in einem kleinen Holzboot stehend von einem riesigen Dampfer aus eine Waschmaschine zugeworfen bekommt. Sein Sohn will ihm helfen, aber er ruft: Danke, kann ich allein.

Auf dem Hof keilte ich die Flaschen in die Tonne. Es dauerte eine Weile, bis ich die Spuren vom Vorabend beseitigt hatte. Die Jugendlichen klemmten noch immer vor der Kellertür. Der Junge lächelte mich an: Dürfen wir noch weiter hierbleiben? Ich alterte um weitere zehn Jahre. Dürfen wir hier spielen? Dürfen wir noch ein bisschen knutschen? Mama, dürfen wir

hier kiffen? Wir wollen nur ein bisschen was weg-
tragen, aber nur, wenn wir dürfen. Nur ganz kleine,
bunte Sachen. Ach bitte! Ich dachte mir, die Jugend
muss an die frische Luft, sie verblödet.

Geht doch raus, sagte ich. Aber sie wollten nicht.
Draußen ist's so kalt, jammerte eines der Mädchen.
Ich ließ sie stehen. In der Hasenschänke tankte ich
erst einmal ordentlich Flüssigkeit, frische Luft und
Sonne. Ich kehrte in ein völlig vernebeltes Treppen-
haus zurück. Man hatte heimlich geraucht. Was die
zerfetzten Reklamezettel und die kleinen, durchsich-
tigen Pfützen anging, kam ich nicht drauf, welche
Spiele die Jugend dort getrieben hatte.

Generation Fragezeichen. Abschied vom Jugendbo-
nus. Mit meinem Kopf berühre ich meinen Halsan-
satz. Zeit, in die Alte Welt zu gehen. Alle Nachbarn,
die sich alt genug fühlen, gehen dorthin. Karen, die
Dänin, schenkt Bier aus. Wir trinken das Bier und
werden dabei immer älter. Es ist schnell ein Ort von
Tradition geworden. Jeden Abend pflegt man dort
Biere zu sich zu nehmen. Ein Brauchtum, das viele
junge Menschen gar nicht mehr zu schätzen wissen.
Für sie wurde die Neue Welt erbaut.

Von meinem Balkon aus kann ich auch in die Neue
Welt hinüberblicken. Neue Welt, das ist das Einkaufs-
zentrum mit Bowlingbahn, Fitnesscenter und Bau-
markt. Für das Fitnesscenter bin ich zu alt, ich kann
nur noch die Supermärkte besuchen. Mehrmals am
Tag besuche ich dort die Supermärkte, um mich von
meiner Arbeit abzulenken. Jetzt könnte ich doch eine
Flasche Milch kaufen, denke ich, und kann vorher

noch hintenrum durch den Park gehen und einen Schlenker über die Hasenschänke machen. So strukturiert sich für mich der Tag.

Einmal trug ich eine Packung Kaugummis zum Supermarkt hinaus, als eine Neuköllnerin folgenden Satz sagte, mit dem es ihr gelang, die Stimmung in Neukölln ganz gut zusammenzufassen. Sie trug einen sehr langen grauen Anorak (womöglich über einem Jogginganzug) und in den Händen große Tüten. MAN KÖNNTE SO VIEL, WENN MAN WOLLTE sagte sie ABER MAN WILL NICHT, NICHT WEGEN KEINE LUST, SONDERN ES GEHT UMS GELD.

Geld hat hier niemand. An den Bankomaten bilden sich lange Schlangen. Der Mann vor mir kriegt aber auch dort keins raus. Er trägt einen beigefarbenen Anorak über seinem Jogginganzug. Aus der Anoraktasche sehe ich ein kleines Büchlein ragen. Es trägt den Titel: MACH WAS! Der Mann ist traurig und dreht beigefarben ab. So kann er nicht einmal in die Hasenschänke gehen.

Mach was! Ist das eine Broschüre, die das Arbeitsamt verteilt?

MAN KÖNNTE SO VIEL, WENN MAN WOLLTE, ABER MAN WILL NICHT, NICHT WEGEN KEINE LUST, SONDERN ES GEHT UMS GELD.

Täglich geben wir 50 Euro aus, sage ich zum Bankomat. Ich sage „wir", dann bin ich nicht alleine schuld.

HASENSCHÄNKE, 12.4. / GEGEN 15 UHR
Ich werde Zeuge folgenden Gesprächs, welches die Stimmung in Neukölln auf andere Weise ebenfalls ausdrucksvoll zusammenfasst.

Man muss es halt einfach mal machen. / Ja, wir haben auch gesagt, dass wir es mal machen. / Man muss sich halt einfach mal die Zeit dazu nehmen. / Sollte man auch mal machen. / Ja. Sollte man.
(*steht auf, holt eine neue Runde Bier*)
Eigentlich wäre es toll, wenn man. / Weißt du, was wir machen können. Wir könnten auch regelmäßig, aber das wäre dir dann auch zuviel dann! / Man könnte ja zuerst mal so ein Probedings machen. / Das könnte man echt mal machen. / Könnte man halt mal ausprobieren. / Vielleicht, wenn ihr, obwohl /
(*steht auf, holt eine neue Runde Bier*)

HASENSCHÄNKE, 3.5. / 12 UHR 10
Am Nebentisch feiert eine ganze Familie den sonnigen Tag mit Weizenbier. Dünn aus dem Stahlstuhl aufwachsend: der Vater oder Freund. Die Mutter in weißem Jogginganzug mit silbernen Applikationen. Neben der Mutter im Partnerlook: die Tochter. Sie ist vielleicht zwölf. Dazu Freunde mit Pferdeschwänzen, Bekannte am Weizenglas, Gelächter. Jetzt geh ich ne Runde Schnaps holen. Die Mutter. Sie steht im Rücken ihrer Tochter. Du auch einen! Nee, lass mal, danke, Mutti. Los, komm! Nee, danke, Mutti. Du auch einen! Nee, lass mal, danke, Mutti. Los, komm! Nee, danke, Mutti. Du auch einen! Nee, lass mal, danke,

Mutti. Los, komm! Nee, danke, Mutti. Du auch einen! Nee, lass mal, danke, Mutti. Los, komm! Nee, danke, Mutti. Du auch einen! Nee, lass mal, danke, Mutti. Los, komm! Nee, danke, Mutti. Du auch einen! Nee, lass mal, danke, Mutti. Los, komm! Nee, danke, Mutti. Du auch einen! Nee, lass mal, danke, Mutti. Es ist nicht so, dass ich auf die Copy-Taste meines Computers gekommen wäre. Es ist zwölf Uhr mittags. Die Rufe der Mutter stören mich bei der Arbeit. Ich gehe nach Hause.

GESCHICHTEN AUS DER PRODUKTION

Jetzt schaue ich auf das Papier.
Jetzt lese ich die erste Zeile.
Jetzt lese ich die zweite Zeile.
Jetzt lese ich die dritte Zeile.
Jetzt lese ich die vierte Zeile.

In der fünften Zeile steht: Die Technik DENKEN IN KLEINEN SCHRITTEN steht in unmittelbarer Beziehung zur Jetzt-Formel, so steht es in dem Buch „Selbstdisziplin: Handeln statt aufschieben" von Marc Stollreiter und Johannes Völgyfy.

Dieses Buch zweier mir unbekannter Autoren lieh ich mir aus an einem Tag, an dem ich eigentlich nur kurz einige andere Bücher abgeben wollte, um dann rasch wieder zurück zur Arbeit, meinem Arbeitsplatz, zu kehren, mich aber irgendwie zwischen den Regalen der Stadtbücherei verlor. Gerne nehme ich ein Buch, blättere ein wenig darin und schaue durch die so entstandene Ritze im Regal auf die vielen ruhigen, bedächtigen Menschen, die, Bücher blätternd, Bücher auf- und abnehmend, ihrerseits durch die Ritzen in den Regalen spähen. Stunden später verließ ich mit einem großen Sack Bücher die Bücherei, auf dem Weg zurück zur Arbeit, meinem Arbeitsplatz, verlor mich aber dann auf dem Parkdeck VIER, denn die Stadtbücherei Neukölln befindet sich ganz oben im Forum Neukölln, einem Einkaufspalast aus Glas, Stahl und

Teppich, und hier oben auf dem Parkdeck wehte frische Luft, es war wie auf einem Turm, und ich versuchte hinter Britz, hinter den Neubauvierteln von Gropiusstadt und Buckow, das Stadtende zu entdecken, denn auch Berlin hört irgendwann einfach auf. Das ist beruhigend. Auf einmal fährt man an einem durchgestrichenen Stadtankündigungsschild vorbei, in die dort angezeigte falsche Richtung, durch die braunen Felder, vorbei an leerstehenden Baracken, einst Orte der Produktion, durch die sogenannten Rieselfelder, und auf einmal kann man wieder geradeaus blicken, und es baut sich kein Haus vor dir auf, ein Haus, in das sich unzählige Menschen hineingequetscht haben, sogenannte Mietparteien. Manchmal will ich keine Mietpartei mehr sein. Doch ich schweife ab. In meinem Büchersack befanden sich auch Bücher von Robert Walser, und ich begab mich auf dem Weg zur Arbeit, meinem Arbeitsplatz, durch die munter vor sich hinsägende öffentliche Riesenbaustelle, die das Forum zur Zeit ist. JETZT BAU-SPAREN scherzen die Geschäfte und bieten unter Folien und Staub liegende Waren an. Die Handwerker lieben es, in der Öffentlichkeit DER VERKAUF GEHT WEITER zu arbeiten. Ein Mann, ein Blaumann, stand auf einer hölzernen Klappleiter und gipste mit einer Kelle an der Decke herum. Dann, wie auf Stelzen bewegte er sich mit der Leiter fort, es war wie im Zirkus, andere wiederum warfen sich Starkstromkabel zu und lachten. Ein Geschäft verschenkte Kleider aus einer stark frequentierten Kiste, und ich drängelte mich durch die Menschen und legte ein wenig meine

Hand hinein, ohne zu wühlen. In diesem Moment, an diesem Tag, vor vier Wochen, während meine Hand warm und träge in den wöllernen Miniröcken lag, hatte ich das auf billig-klebrigem Ratgeberpapier gedruckte Buch „Selbstdisziplin: Handeln statt aufschieben" bereits in meinem Büchersack, denn ich dachte mir, jetzt ist aber mal Schluss mit dem Lotterleben, mit einem solchen Lotterleben wirst du es zu nichts bringen, und mit großer Kraft riss ich das Buch aus dem Bücherregal.

Zuhause nahm ich es aus dem Sack und legte es auf den Tisch. Eine Weile lagerte ich es auch im Klo, in der Annahme, ich würde es dort lesen, doch stets sah ich es und dachte, na ja, eigentlich hab ich auch noch andere Bücher, dieses klebt, ich könnte ja auch noch rasch in die Bücherei gehen und mir dort noch Bücher ausleihen oder ganz was anderes machen. Das könnte ich aber vielleicht auch nachher noch.

Am Ende des Tages erinnere ich mich meist nicht mehr daran, was ich währenddessen gemacht habe. Ist das dann ein guter Tag gewesen, oder bin ich schon wieder betrunken. Ist das ein guter Tag mit einem Tagewerk, frage ich mich, rasch war er schon wieder vorbei. Ich habe ihn nicht unangenehm in Erinnerung, eigentlich kann ich mich an nichts mehr erinnern. Ich glaube, ich bin ein wenig verträumt.

Doch dann war es soweit. Selbstdisziplin. Handeln statt aufschieben. Pünktlich am Abgabetag studierte ich mich durch Marc Stollreiters und Johannes Völgyfys Ratgeber, rasch leider, denn ich musste ja rasch in die Bücherei, um es wieder zurückzubringen und mir vielleicht auch noch andere Bücher.

Jetzt lese ich die vierundneunzigste Zeile, die eigentlich bereits die fünfundneunzigste ist. Oder ist es die sechsundneunzigste?
Jetzt zähle ich die Zeilen noch einmal durch.

Mit der „Jetzt-Formel", so behaupten Marc Stollreiter und Johannes Völgyfy in „Selbstdisziplin: Handeln statt aufschieben", habe man folgende Vorteile:

Vorteile der Jetzt-Formel:
Mehr Genuss.
Dämpfen von Furcht und Angst.
Aufgehen in der Aufgabe.
Ergebnis: Die Zeit vergeht rascher.

Wie spät haben wir es jetzt?
Jetzt schaue ich auf die Uhr.
Jetzt schaue ich zum Fenster hinaus.
Jetzt nehme ich meinen Stift zur Hand.
Jetzt bemerke ich, der Stift ist gar nicht da.
Jetzt suche ich meinen Spezialstift.
Jetzt fluche ich, weil Stift schon wieder weg.
Jetzt beschimpfe ich mich wegen Schlamperei.
Ich rufe mich „Schlampe".
Jetzt rauche ich eine Zigarette zur Beruhigung.
Jetzt erwäge ich, zum Stiftladen zu fahren, einen erneuten Spezialstift zu kaufen.

Oder soll ich doch nochmal suchen.
Jetzt bin ich mir unschlüssig.

Marc Stollreiter und Johannes Völgyfy schreiben gerne tabellarisch. Ich glaube, sie glauben, Selbstdisziplin ist Verwaltung in Tabellen.

Das „Taten-Programm":
Vorteile:
Stift kaufen.
Stift haben.
Beenden der Suche.

Nachteile:
Stift kaufen.
Verlassen des Schreibtisches.
Zum Spezialladen mit den Spezialstiften fahren müssen.
Auf dem Weg eventuell an einem Café vorbeikommen.
Die Tageszeitung durchlesen.
Stunden später erst wieder nach Hause kommen.

Aber so einfach ist das auch wieder nicht. Das wissen auch Marc und Johannes. Zur Vor- und Nachteiletabelle legen wir deshalb noch jeweils eine Untertabelle an, mit der Überschrift DUALES DENKEN.

Stift kaufen. Vorteile:
Fahrrad fahren (Bewegung).
Kaffee trinken (Entspannung).

Tageszeitung durchlesen (Information).
Den Schreibtisch verlassen (Abwechslung).

Aber auch:
Zum Laden fahren (Zeit verlieren).
Stift kaufen (Geld ausgeben).
Kaffee trinken (Geld ausgeben plus Gesundheitsschädigung).

Zusatz:
Falls Stift eins wieder auftaucht, zwei Stifte haben.
Wie ist das?
Jetzt grüble ich wirklich.
Jetzt weiß ich wirklich nicht mehr, was ist die richtige Entscheidung.

Ziel: Ich will täglich im Fitness-Studio trainieren.
Bewusster Gedanke: Aber ich habe nach der Arbeit überhaupt keine Lust mehr.
Verhalten: Ich gehe heute nicht trainieren.

Es gibt unzählige Geschichten von Schriftstellern und ihrem Kampf, überhaupt zu arbeiten, die meisten sind von den Schriftstellern selbst geschrieben worden, während sie also im Schreiben behaupteten, sie würden nicht schreiben, sie schrüben nicht, schrieben sie.

ICH STAND DA UND SCHAUTE DURCH DIE TÜR AUF DEN SCHREIBTISCH UND FRAGTE MICH, WANN DER MOMENT DA SEI, AN DEN SCHREIBTISCH ZU

TRETEN UND MICH HINZUSETZEN UND MIT DER ARBEIT ANZUFANGEN. Thomas Bernhard. Beton.

Eines Tages, pünktlich zum Abgabetermin, diesmal nicht in der Bücherei, sondern beim Theater, ich hätte ein Theaterstück abgeben sollen, welches ich selbst hätte geschrieben hätte haben sollen, aber nicht geschrieben hatte, notierte ich mir:

Jetzt hänge ich da oben rum und sehe meinen Tisch, eigentlich auch mich selbst, und denke mir: Die da unten muss aber jetzt schleunigst mal schreiben. Zum Beispiel das Theaterstück. Ich selber kann nicht, weil ich hänge an der Decke. Ich glaube, ich bin eine Lampe, und das ist das, was man Blockade nennt: Man blockiert sich selber, weil man einerseits unten sitzt (bereits in Arbeitsstellung) und andererseits oben schwebt (quasi abgehoben).

– Ah, da ist sie ja!
– Ist sie das?
– Ist sie die, die oben hängt, oder die, die unten sitzt?
– Ist es die da, die da oder die da!

An genau diesem Tage, an dem auch ich wie automatisch anfing einen Text über die Schwierigkeiten zu schreiben zu schreiben, bekam ich selbst ein Schreiben von einem Schreibbüro, welches sich „Ruck-Zuck" nannte.

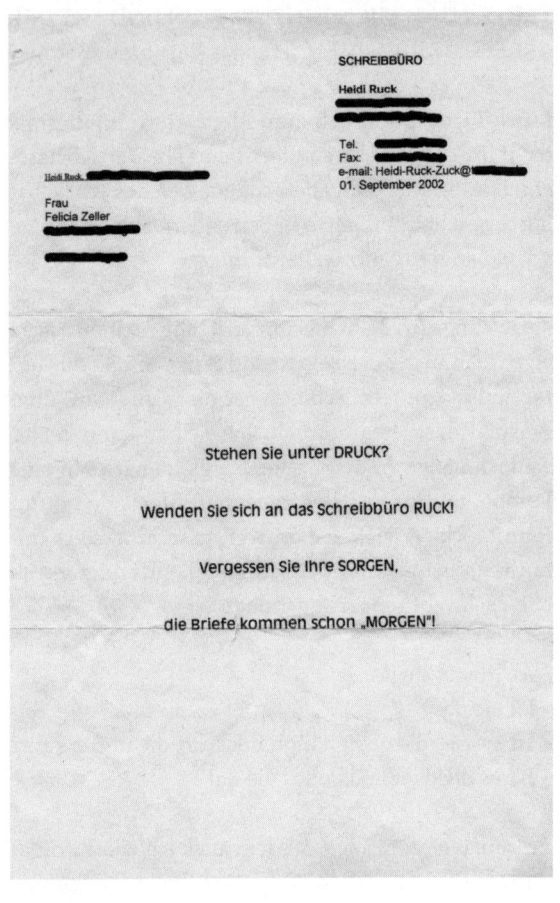

Ich fand Heidi Ruck-Zuck und ihr Schreibbüro im Branchenverzeichnis.
Wie hatte Heidi Ruck-Zuck von meinem verfahrenen Zustand erfahren?

Sehr geehrte Frau Ruck-Zuck,
schrieb ich, danke für Ihr Gedicht und Ihr Angebot,
welches ich dankend annehme. Hiermit möchte ich
Sie beauftragen, alle Briefe, die „morgen" geschrieben werden müssen, für mich zu schreiben. Den jetzt
schreibe ich aus praktischen Gründen rasch selbst.
Lassen Sie mich auch ein Gedicht beifügen.

Können Sie nicht schreiben /
lassen Sie es doch einfach mal bleiben /
gehen Sie hinaus in den Park /
vergessen Sie den Quark /
morgen ist auch noch ein Tag /
an dem von der Muse zu Boden geknutscht /
Zeile hinter Zeile rutscht /

Nach Verfassen dieses Briefes, versuchte ich das Stück
jetzt kurz rasch, quasi am Stück, zu schreiben, oder,
so dachte ich, anrufen und den Abgabetermin ver-
schieben. Im Fußball und in der Stadtbücherei nennt
man das „Verlängerung".

Übung 20:
Das unangenehme Telefonat.
Welche Gespräche schieben Sie derzeit konkret vor
sich her? Vielleicht haben Sie einen Freund, bei dem
Sie sich schon lange nicht mehr gemeldet haben.
WENN ICH EINEN FREUND HÄTTE! SAGTE ICH MIR
WIEDER, ABER ICH HABE KEINEN FREUND, UND
ICH WEISS, WARUM ICH KEINEN FREUND HABE.
Bernhard, Beton. Jetzt wieder Stollreiter / Völgyfy,

Disziplin: Vielleicht sind Sie Überbringer einer schlechten Nachricht, müssen zum Beispiel eine gegebene Zusage revidieren. Entscheiden Sie sich für einen Anruf, den Sie jetzt gleich tätigen werden. Gehen Sie folgendermaßen vor:

Jetzt nehme ich mein Telefonregister zur Hand.
Jetzt suche ich die Nummer heraus.
Jetzt hebe ich den Hörer ab.
Jetzt höre ich das Freizeichen.
Jetzt tippe ich die Ziffer x ein, jetzt Ziffer y ...
Jetzt lausche ich dem Läuten.
1. Läuten. 2. Läuten ...
Jetzt meldet sich Herr / Frau Soundso.
Jetzt nenne ich meinen Namen.

...

...

...

Jetzt spreche ich das unangenehme Thema an.

Ja, hallo, ich bin irgendwie, irgendwie bin ich, ich bin so ein bisschen, ja, man kann sagen im Verzug, eigentlich bin ich fast fertig, aber ich glaube, heute wird's nichts mehr, ja nee, ja nee, ja nee, nee! Ich muss da nochmal, ich bin zwar schon fast fertig, also eigentlich bin ich fertig, aber trotzdem muss ich da nochmal. Wie? Ja morgen, okay. Kein Problem. Bis Morgen, joo, okay, also dann, ich schicke es euch dann zu.

Stollreiter / Völgyfy:
Selbstdisziplin bedeutet, das zu tun, was Ihnen selbst wirklich wichtig ist. Sie führen dann endlich das Leben, das sie wirklich führen wollen, und werden zu der Person, die Sie schon immer sein wollten.

Das wird schwierig.
Ich will reich sein, ich will schön sein, ich will froh sein, ich will ein Leben voller Ausflüge, ich will ewigen Urlaub, ich will heute mal sagen wir mal Nicole Kidman sein. Aber erst NACH dem Dreh mit Lars von Trier.

EINIGE GEDANKEN ÜBER
ARTHUR SCHNITZLERS TRAUMNOVELLE

Die Bairin kommt ja eh immer zu spät, denke ich, ich hätte ihr nicht elf Uhr sagen sollen, sondern zehn, zehn Uhr, dann hätte sie es vielleicht geschafft, so bis um zwölf. Aber wie spät ist es jetzt eigentlich, eins? Einmal, so erinnere ich mich und rühre in meiner zweiten Tasse, sagte ich ihr neun, damit sie um elf, und einmal zehn, damit sie um zwölf, und so weiter. Stets kam sie, sich zierlich unter ihrem kleinen roten Rundkopf verneigend, mich vielfach um Entschuldigung bittend. Sie habe, als sie, es sei ihr etwas Entsetzliches zugestoßen – ich winkte stets großspurig ab –, als sie eben versucht habe, aus ihrem Bette, es täte ihr schrecklich leid, sie sei ... auf dem Bettvorleger ausgerutscht, sagte die Bairin und verneigte sich zierlich, dann auf dem Wege zum Café von eben diesem abgekommen und wolle, sie zeigte mir eine kleine Beule, selbstverständlich meinen Cappuccino bezahlen. Wie viele ich denn schon getrunken hätte. Ich mache ein Zeichen mit der Hand. Es ist klein, aber dreifingrig, und bedeutet: Man möge mir jetzt bitte den dritten Cappuccino bringen. Stets, so denke ich, hat mir die Bairin den Cappuccino bezahlt. Stets, so denke ich, ist die Bairin zu spät gekommen und hat mir dann alle Cappuccinos bezahlt. Ich habe wieder zu viel Thomas Bernhard gelesen, denke ich, aber jetzt lese ich ja Schnitzler.

Den ganzen Tag lag ich traumverloren am Strand. Wenn er mich riefe – so meinte ich zu wissen –, ich hätte nicht widerstehen können. Zu allem glaubte ich mich bereit.

Die Sonne, denke ich, die schöne Oktobersonne, und kneife die Augen zu. Wie schön sie einem ins Gesicht knallt. Wie schön man hier auf dieser Terrasse, in dieser Sonne Kaffee trinken kann. Die Oktobersonne ist meine Lieblingssonne, denke ich und trinke noch ein Schlückchen Kaffee. Wäre man ein Tier, könnte man jetzt seinen Pelz in die Sonne halten, denke ich, aber es bleibt einem nichts als die eigene Haut.

Er verzog spöttisch den Mund. „So sagst du in diesem Augenblick, so glaubst du vielleicht in diesem Augenblick. Aber – "

Ich reiße die Augen wieder auf und spähe auf die Straße. Wenn ich, so denke ich, die Augen schnell genug aufreiße, wenn ich sie lange genug geschlossen halte und dann blitzartig aufreiße, erscheint mir vielleicht die Bairin als Gestalt wie überraschend auf der Hallstraße, ihr türkisfarbenes Fahrrad schiebend.

Eines Morgens aber wurde ich ganz plötzlich einer weiblichen Gestalt gewahr, die, eben noch unsichtbar gewesen, auf der schmalen Terrasse einer in den Sand gepfählten Badehütte, die Arme nach rückwärts an die Holzwand gespreitet, sich vorsichtig weiterbewegte.

Mit der Bairin Kaffee zu trinken, denke ich mir, ist immer das Schönste gewesen. Stets haben wir eine große Poesie aus dem Kaffee herausgedichtet. Richtige Kaffeesätze, denke ich, eine braune Schrift. Aber seit wir in den Hallschlag gezogen sind, denke ich und führe mir die dritte Tasse zum Mund, haben wir noch nicht genug Kaffee getrunken. Es gibt hier ja fast keine Cafés, und wenn, sind sie alle geschlossen. Einmal sind wir im Fossilienmuseum gewesen und haben dort Kaffee getrunken. Weit öfters sind wir verzweifelt durch den Hallschlag gefahren, in der Hoffnung, ein Kaffeehaus zu finden, um dort Kaffee trinken zu können.

Das Kaffeetrinken, denke ich, insbesondere das Kaffeetrinken mit der Bairin, welche eine große Kaffeetrinkerin und eine ebensogroße Dichterin ist, ist eine der wichtigsten Aufgaben im Leben eines Dichters. Und der Hallschlag mit seinen wenigen Kaffeehäusern bedeutet fast Berufsverbot.

Mit einemmal war sie vom Sessel herabgeglitten, lag Fridolin zu Füßen, umschlang seine Knie mit den Armen und preßte ihr Antlitz daran.

Aber nun haben wir ja dieses schöne Eiscafé aufgetan, denke ich und starre liebevoll auf den Tisch mit der bordeauxroten Gummitischdecke, mit all den kleinen Löchern.

Dann sah sie zu ihm auf mit weit offenen, schmerzlich-wilden Augen und flüsterte heiß: „Ich will nicht fort von hier. Auch wenn ich Sie niemals mehr sehen soll; ich will in Ihrer Nähe leben."

Dieses schöne Eiscafé, denke ich, mit seinen zwei prachtvollen Terrassen, auf die jetzt diese schöne Oktobersonne scheint, bald wird es schließen, denke ich, bald ist es zwei. Um zwei Uhr wird hier im Hallschlag, denke ich, alles geschlossen, und wo soll ich dann hin.

„Stehen Sie doch auf, Marianne", sagte er leise, beugte sich zu ihr herab, richtete sie milde auf und dachte: Natürlich ist auch Hysterie dabei.

Schöne Terrassen, denke ich. Eine, so denke ich, hinaus zur Hallstraße und eine zur Bochumer Straße hinaus. Diese Straßennamen, denke ich und starre weiter auf die Bochumer Straße. Ich könnte ja auch, denke ich, in der Bochumer Straße leben oder in der Frankfurter. Ja, so denke ich, sogar in der Züricher Straße! In einer Straße, die zwar im Hallschlag liegt, die aber klingt wie weit und breit, wie überallhin.

Sie suchte mit ihren Lippen die seinen, er bog sich zurück, sie sah ihn groß, etwas traurig an, ließ sich von seinem Schoß heruntergleiten.

Aber nein, denke ich, ich wohne natürlich nicht in der Bochumer Straße und auch nicht in der Rostokker. Ich, so denke ich, wohne natürlich in der Lämmleshalde, die klingt wie klein und gebückt, wie Schafe im Schuppen, wie jeden Morgen mit dem Kopf gegen den gleichen Balken. Aber auch, so finde ich jetzt in der Oktobersonne und starre ein wenig auf das Dönerhaus nebenan, ein wenig wie Weihnachten, Lämmerblut und Kuchen.

Das Tor fiel hinter ihm zu, und Fridolin prägte mit einem raschen Blick seinem Gedächtnis die Hausnummer ein, um in der Lage zu sein, dem lieben armen Ding morgen Wein und Näschereien heraufzuschicken.

Stanley Kubrick ist schuld, denke ich, dass ich dieses Buch hier lese. Mit seinen weit geschlossenen Augen, denke ich und kneife die Augen wieder zusammen, weil ich nichts sehe außer Helligkeit. Ich bekomme noch eine Falte zwischen den Augen, denke ich, vom Augenzusammenkneifen, von dieser Sonne, wo bleibt sie denn, während ich warte, denke ich und trinke noch ein bisschen Kaffee, bekomme ich eine Falte, eine böse, alte Falte, denke ich. Aber eigentlich ist ja die Bairin schuld, dass ich dieses Buch hier lese. Schnitzler, hat die Bairin gerufen, du musst unbedingt Schnitzler lesen.

In einer Ecke spielten drei Herren Karten; ein Kellner, der ihnen bisher zugeschaut hatte, half Fridolin beim Ablegen des Pelzes, nahm seine Bestellung entgegen und legte ihm illustrierte Zeitungen und Abendblätter auf den Tisch.

Schnitzler, Schnetzler, denke ich, dann: Schnitzler, Schnatzler. Die Kellnerin, ein junges, schwarzes Ding, das bisher im Innern des Eiscafés geraucht hat, versucht jetzt auf ihren ein Meter hohen Plateauschuhen an meinem Tisch vorbeizulaufen. Sie trägt eine Tasse zum Nebentisch, wo ein Herr Karten spielt, ich starre in den Schnitzler. Total verschnitzelt, denke ich. Das junge Ding strauchelt, kann sich aber gut fangen, da die schwarzen Kastenschuhe nicht nur einen Meter hoch sind, sondern auch einen breit. Rundum ein gelungener Schuh, denke ich, sozusagen ein Quadratmeterschuh.

Er blickte von der Zeitung auf. Da sah er von einem gegenüberliegenden Tisch zwei Augen auf sich gerichtet. War es möglich? Nachtigall – ?

Eine Wespe kommt auf mich zugeflogen, ich ducke mich geschwind, halte aber die Tasse fest. An meinem rechten Ohr ihr taumliges Summen, der gute

Cappuccino. Das ist die letzte Wespe, das ist die aller-letzte Wespe, der du noch begegnen wirst, denke ich. Es ist eine Oktoberwespe, die letzte Oktoberwespe, und vielleicht heißt sie Margot. Vielleicht auch nicht. Ich befestige meine Arme links und rechts an meinem sitzenden Körper, damit sie nicht weiter unkontrolliert in der Luft herumfuchteln, und denke: Wir leben im selben Raum mit den Tieren. Gemeinsam mit den Tieren leben wir im selben Raum.

ICH BRAUCHE EINE DUNKLE MÖNCHSKUTTE UND EINE SCHWARZE LARVE, NICHTS WEITER.

Da pfeift es hinter mir. Rasch wende ich mich um. Nachtigall? Es ist ein Fremder, natürlich, wer sonst. Er setzt sich zu dem Herrn mit den Karten und winkt nach der Kellnerin. Die beiden lachen in einer Sprache, die ich nicht verstehe. Gott sei Dank habe ich dieses Büchlein dabei, denke ich und halte es mir noch näher an die Augen, dann wieder ein bisschen weiter weg, um mir die Tasse dazwischen zu schieben. Der gute Cappuccino. Wie dumm von mir, mich umzudrehen, denke ich, weil die beiden immer noch lachen, natürlich pfeift die Bairin nicht. Die Bairin hat noch nie gepfiffen. Immer ist sie dagestanden wie aus der Luft, immer kommt sie so leise wie keiner, auf einmal steht sie dann da. Steht auf einmal am Tisch, auf einmal in der Wohnung, in deinem Zimmer, und erschreckt dich maßlos. Die Bairin, so denke ich, ist unhörbar. Schon lange wollte ich ihr mal ein paar Clogs schenken, damit ich sie besser hören kann, damit ich mich nicht immer so erschrecke, wenn sie auf einmal da ist. Oder ich kaufe ihr ein paar Schellen, denke ich, während die Herren am Nebentisch immer noch lachen, ich hänge ihr ein paar Schellen um. Bück dich mal, werde ich sagen, ich häng dir nun schnell ein paar Schellen um.

In diesem Augenblick tönte vom Ende des Gangs her ein gläsernes Geklirr. Fridolin sah dem Maskenverleiher erschrocken ins Gesicht, als sei dieser zu sofortiger Aufklärung verpflichtet.

Vielleicht ist Frau Baier heute nach Speyer [1] gereist, wegen des Reims. Sie ist eine große Dichterin. Ist sie das? Schnell kneife ich die Augen zusammen und stiere scharf wie ein Adler auf die Hallstraße, wo sich gerade etwas bewegt hat, das annähernd der Bairin, wenn sie einen großen Rucksack trüge oder einen riesigen Hut, aber es war dann doch bloß ein Auto. Von diesem Augenzusammenkneifen bekomme ich wirklich eine Falte, denke ich und zünde mir noch eine Zigarette an. ALTE FALTE reime ich, denn ich bin auch eine große Dichterin.

Wo bin ich? dachte Fridolin. Unter Irrsinnigen? Unter Verschwörern? Bin ich in die Versammlung einer religiösen Sekte geraten?

Das kann nicht sein, denke ich, aber man weiß ja nie. Oft ist sie so zerrüttet, dann verpasst sie die Züge oder fährt mit ihrem Fahrrad gegen plötzlich herausragende Pfosten und verletzt sich dabei schwer. Ich muss sagen, ich bin etwas in Sorge, warum sie

---

1 Hoch die Laier /
   ab nach Spaier!

nicht auftaucht, hier, in diesem Café, zum Beispiel jetzt. Oder jetzt.

Jetzt wandte er sich um. Er sah den blutroten Mund durch die Spitzen schimmern, dunkle Augen sanken in die seinen. „Ich bleibe", sagte er in einem heroischen Tonfall, den er nicht an sich kannte, und wandte das Antlitz wieder ab.

Ich fand doch noch am Morgen diesen Zettel auf dem Küchentisch, es war eindeutig die Schrift der Bairin: WIR TREFFEN UNS IN DIESEM KAFFEEHAUS, die Handschrift der Bairin, eine nicht gerade rätselhafte Botschaft, eher, so denke ich jetzt, ein Befehl, ein gewöhnlicher Küchenflyer, zierlich darunter ihr Name, elf Uhr.

„Die Parole, mein Herr" – „Ich habe sie vergessen", erwiderte Fridolin mit einem leeren Lächeln und fühlte sich ganz ruhig. „Das ist ein Unglück", sagte der Herr in Gelb, „denn es gilt hier gleich, ob Sie die Parole vergessen oder ob Sie sie nie gekannt haben."

Sie kann es doch nicht vergessen haben, sie hat es doch nicht vergessen. Aber vielleicht ist sie ja gegen einen Pfosten und hat es dann vergessen, denke ich. Manchmal brechen ihr ja auch die Fahrräder unter dem Leibe zusammen, denke ich. Während der Körper der Bairin noch ein Stück weiterradelt, ist das Fahrrad schon längst zusammengebrochen. Man findet häufig solch müde zusammengebrochne Fahrräder auf den Straßen. Sie liegen da wie verdurstete Tierskelette.

Der Arzt ist mittlerweile über den Körper einer toten Frau gebeugt und fummelt ihn an. Leider räuspert sich Kollege Doktor Adler hinter ihm, und Fridolin legt die Arme rasch wieder zurück an ihren gelben Körper, wo sie hingehören. Dann wäscht er sich die Hände.

Ob dieses Antlitz irgendeinmal, ob es vielleicht gestern noch schön gewesen – Fridolin hätte es nicht zu sagen vermocht – es war ein völlig nichtiges, leeres, es war ein totes Antlitz. Es konnte ebensogut einer Achtzehnjährigen als einer Achtunddreißigjährigen angehören.

Nicole Kidman, denke ich, diese Amifresse, und Tom Cruise, denke ich, Amifresse.

Er sah einen gelblichen faltigen Hals, er sah zwei kleine und doch etwas schlaff gewordene Mädchenbrüste, er sah die Rundung des mattbraunen Unterleibs, er sah, wie von einem dunklen, nun geheimnis- und sinnlos gewordenen Schatten aus wohlgeformte Schenkel sich gleichgültig öffneten, sah die leise auswärts gedrehten Kniewölbungen, die scharfen Kanten der Schienbeine und die schlanken Füße mit den einwärts gekrümmten Zehen.

Im Kühlschrank hat Kubrick ein Model eingefroren. Sie üben diese Szene über ein halbes Jahr. Ständig vergisst Sandy ihre Füße zu strecken, wenn Tom sie aus dem Eisfach zieht.

Ach ja, denke ich, Schnitzler, Schnitzel, denn ich habe Hunger, wo steckt sie bloß. Dann sage ich nochmal: ALTE FALTE.

„Deinen Traum!", sagte er plötzlich noch einmal, und es war, als hätte sie diese Aufforderung nur erwartet.

ALTE FALTE
AUGENSPALTE
SONNE KNALLTE

Er beugte sich über ihre Stirne, die sich sofort, wie unter einer Berührung in Falten legte, ihre Mienen verzerrten sich sonderbar; und plötzlich, immer noch im Schlafe, lachte sie so schrill auf, daß Fridolin erschrak.

ALT, DIE FALT
SEH NIX GESTALT
VON BAIRIN KOMMEN MACHEN HALT

Sie lachte von neuem, wie zur Antwort, in einer völlig fremden, fast unheimlichen Weise.

ALT, DIE FALT
SEH NIX GESTALT
VON BAIRIN KOMMEN MACHEN HALT

Die Kellnerin, so denke ich, denkt sich auch was, wie ich hier für Stunden ganz allein im Café sitze und einen Cappuccino nach dem andern trinke, denke ich mir und trinke noch ein Schlückchen Cappuccino. Es ist das Restschlückchen. Die Tasse ist leer. Was sitzt sie hier so allein rum, wird sie sich denken, hat sie nichts Bessres zu tun.
Dein Körper war mit Striemen bedeckt, die aber nicht mehr bluteten.
Vielleicht denkt sie aber auch, diese doofe Trulla, sitzt hier so alleine rum, weil sie niemand leiden kann.

Weil sie keine Freunde hat. Und bestimmt auch keinen Freund. Deshalb beuge ich mich noch einmal vor und spähe auf die Hallstraße hinaus, dass man auch deutlich erkennen kann, dass ich hier auf jemanden warte. Ich bleibe noch ein wenig vorgebeugt und lausche, dann lehne ich mich zurück und sage: Bitte zahlen.

Ich lief dir entgegen, auch du schlugst einen immer rascheren Gang ein – ich begann zu schweben, auch du schwebtest in den Lüften; doch plötzlich entschwanden wir einander, und ich wußte: wir waren aneinander vorbeigeflogen.

Bitte zahlen bitte, sagte ich, drei Cappuccino, sagte die Kellnerin, zwölf Euro achtzig.

Ein Schwert zwischen uns, dachte er wieder.

Fünfzehn, sagte ich.

Und dann: Wie Todfeinde liegen wir hier nebeneinander. Aber es war nur ein Wort.

Danke, sagte sie. Ich blieb noch ein wenig sitzen, so ein zwei Stunden, bis ich das kleine, gelbe Reclamheftchen leicht in meiner Hand biegen konnte, bis zum Ende. (Ein sieghafter Lichtstrahl bricht durch den Vorhangsspalt und mit einem hellen Kinderlachen von nebenan beginnt der neue Tag.) Ordentlich, wie ich bin, blätterte ich noch zum Nachwort, den Anmerkungen. Sigmund Freud schreibt da an Arthur Schnitzler: „Über Ihre Traumnovelle habe ich mir so einige Gedanken gemacht".

Bevor ich meinen Freund kennengelernt habe, kannte ich das Wort BRETTERN nur im Verbund mit Buden und Zäunen. Seit ich meinen Freund kenne, benutze ich das Wort „brettern" für eine Tätigkeit, die mir, bevor ich meinen Freund kennengelernt habe, als „trinken" bekannt war. Seither gehe ich nicht mehr trinken, sondern brettern. Mehrmals in der Woche gehen wir brettern wie andere Leute ins Fitnessstudio oder vielleicht etwas jüngere zur Schule. Manchmal brettern wir zusammen, bringen uns gegenseitig nach Hause, fallen um und schlafen. Manchmal brettern wir, reißen uns betrunken in den gegenseitig blonden Haaren herum, beleidigen uns, bis wir auch an diesen Tagen sackartig umfallen und gemeinsam wegschnarchen. Eine in jeder Beziehung harmonische Beziehung. Wir sägen vor uns hin und vergessen dabei schnell und viel.

Manchmal aber brettert er an falschen Tagen. Manchmal kommt es vor, dass ich bereits Mittwoch gebrettert habe und am folgenden Tag nicht mehr fähig bin weiterzubrettern. Dann kommt es vor, dass er Donnerstag brettert, ich aber Freitag, er Samstag, ich aber Sonntag, und in diesem Falle kommt es vor, dass in einer Nacht, die man ruhig schlafend auf seiner Schonmatratze zu verbringen plant, zart gefüllt mit Nachtlektüre, Gesundheitstees und Erholungsbädern, die Situation entsteht, in die ich jetzt geraten bin, eine Situation, in der die Wohnung einfach zu klein wird.

So viel Geld bezahle ich, um meine Ruhe zu haben von der Welt draußen: Lösegeld, Abschirmungsgeld, Gnadengeld! Damit man wenigstens zwischen seinen eigenen vier Pappwänden seine verpappte Ruhe haben kann, eine dermaßen große Scheißgeldsumme habe ich noch nie in meinem Leben permanent ausgegeben wie für diese Miete und habe doch keine Ruhe! Einen solchen Gedanken kann man nicht still vor sich hindenken, auch wenn es fünf Uhr morgens ist. Man muss ihn lautstark vor sich hingranteln. Aber mein lautstarkes Vorsichhingegrantel weckt meinen Freund auch nicht auf, er ist wohl gerade dabei zu vergessen, und das macht mich noch wütender. So viel Geld und keine Ruhe, sage ich erbost vor mich hin, so viel Miete und dann das, jetzt knalle ich mit dem Kissen und werde, so laut ich kann, lauter, scheiße, Miete, wofür! Aber nix da: Neben mir der Liegende, der perfekt gefällte Baum, an den sich schon der ein oder andere flachhütige, bräunliche Pilz festklammert, eine schöne Bierstatue, gegossen aus Beton, ein Denkmal, gekippt und umgeworfen. Dran appliziert: ein Mobile aus Sägen, moderne Kunst. Denn mein Freund ist Künstler, Schlafkünstler und bildender Künstler.

Scheißkunst, Scheißschriftstellerei, Scheißstatue, Scheißvielzuhohemiete! Jetzt werde ich richtig laut, reiße an der Decke und boxe in das Denkmal mal rein, es hat die blöde Decke feig um sich gezogen und schützt sich gegen meine Tritte und Schläge, das ist kein fairer Kampf, Mensch gegen Stein. Noch einmal versuche ich verzweifelt, selbst kurz Stein zu werden, heißt: schlafen, aber nix da: da kann ich mich noch so oft und wendig wenden. So viel Geld, jeden Monat, und dann kein eigenes Zimmer, was ist denn das eigentlich, und jetzt zerre ich die Matratze mit einem Heidenkrach ins Nebenzimmer neben den Fernseher, neben den Drucker, und lege mich da demonstrativ nochmal hin. Aber nix: Niemand nimmt Notiz von meinem Schicksal, meiner Unruhe, meinem Harm. Durch die Pappwand, die von mir laut zugeklinkte Tür, leises, friedliches Sägen. Betäubung und Ignoranz, alte Freunde, neue Feinde. Hätte ich selbst gebrettert, denke ich, läge ich jetzt nicht hier, wer weiß, wo ich liegen würde und ob ich überhaupt wissen würde, wo / aber so / liege ich jetzt hier, wach, hinter dieser Pappwand, zwischen den ständig leuchtenden Lichtern des Videorekorders, dessen rote Digitaluhr fünf dreißig anzeigt, und dem kleinen grünen Licht des Druckers, der nebendran auf Standby steht. Das stört mich jetzt auch, dass diese Geräte nicht völlig tot rumstehen können, sondern immer leicht elektrifiziert, immer einsatzbereit. Wie so eine blöde Armee. Oder Streber. Das ist auch eine Zumutung, diese Geräte, für die sollte man noch zusätzlich einen extra Geräteschuppen anmieten, in den man sie hineinsperren und in dem sie dann dumm vor sich hinleuchten und vor sich hinfunktionieren können, auf ihren Einsatz wartend, die ganze Gruppe, die ganze Truppe, alle! Schuppentür zu und basta! Der Schuppen muss natürlich im Brandenburgischen liegen, nur im Brandenburgischen kann so ein Schuppen ideal stehen, ein Schuppen, in dem die Geräte vor sich hinglimmen, und zwar im Dunkeln. An einem Ort, wo euch keiner brauchen kann!

In dieser Stadt muss man alles eliminieren, denke ich und stehe jetzt einfach auf. Denn wach stehen ist irgendwie besser als wach liegen.

In unserer Zweizimmerwohnung gibt es einen Raum für die Geräte (Geräteraum oder auch Wohnzimmer genannt) und einen für die User zum Abstellen oder -legen (Schlafzimmer). Eine Zeitlang haben wir versucht jedem ein Zimmer zuzuteilen, in dem jeder sich selbst mitsamt seinen Geräten abstellt, aber dann haben wir die Menschen von den Geräten getrennt. Jetzt haben die Geräte ihr eigenes Zimmer, ich aber keines mehr. Das ist natürlich fatal für einen Schriftsteller. Hier, diese beschissenen Geräte haben ihr eigenes Zimmer, und ich, dieser beschissene Schriftsteller, muss herumziehen in dieser Bretterbude wie so ein Penner. Lange schimpfte ich vor mich hin.

Jetzt habe ich ein Arbeitszimmer. Es hat Wände aus Pappe. Im Zimmer nebenan sitzt meine Freundin. Sie sitzt dort dezent und still, und so kann ich gut hören, wie sie da dezent sitzt und in ihren Computer starrt. Ihr Zimmer ist so klein und der Computer so groß, dass sie sich an ihm vorbeiquetschen muss, um zu ihrer Sitzposition zu kommen, in der sie dann am hinteren Ende des schlauchartigen Raums sitzt. Ich sehe das, während ich in meinem dreimal so großen Pappraum sitze, genau vor mir, wie sie da sitzt, vor sich als Raumteiler den Computer, eines unserer Geräte, in das wir täglich hineinstarren, egal welche Art Arbeit wir verrichten.

Während ich vor meinem Bildschirmschoner sitze und versuche allein zu sein, höre ich sie nebenan sitzen und total viele Ideen ausbrüten. Ich höre, wie sie die Ideen ausbrütet oder einfach nur schnell hat, und dann höre ich, wie sie sich überlegt, ob sie nicht mal schnell rüberkommen soll zu mir, um mir die gerade schnell ausgebrüteten neuen Ideen mitzuteilen. Während ich, gerade gekommen, versuche allein zu sein, klopft es schon an meiner Tür, und herein kommt auf mein Herein meine spindeldürre Freundin. Womöglich hat sie das Zusammenleben mit ihrem riesigen Computer auf engstem Raum so dünn gemacht, denn, wo zwei im selben Raum zu leben versuchen, muss immer einer ausweichen, einer muss sich anschmiegen oder anpassen oder einfach ausweichen, weil: es geht nicht anders.

Hallo, sage ich, stör ich, sagt sie, nee, sage ich, mir fällt eh nix ein, ich, sagt sie, habe wieder so viele tolle Ideen. Toll, sage ich, mir fällt nichts mehr ein, und dann fällt mir nichts mehr ein, was ich noch sagen könnte. Mir fällt eh nix mehr ein. Und je mehr Ideen um mich herum gehabt gehaben werden, desto weniger fällt mir selber ein. Total blockiert von der Schnelligkeit der vielen tollen Ideen, die da ständig um mich herum ausgebrütet werden, werde ich da.

Mein Computer versenkt sich automatisch in einen Halbschlaf. Mir fallen ständig so viele Sachen ein, sagt jetzt meine Freundin, es sind so viele, da weiß ich gar nicht, was ich machen soll. So viele Ideen, dass ich nicht weiß, welche ich jetzt machen soll! Oder was!

Mir fällt eh nix ein, sage ich, da habe ich kein so Problem.

Hast du das Spiel gesehen, gestern, sie. Jeden Morgen gegen elf erkundigt sich meine Freundin, die einen fanatischen Fußballsohn zum Sohn hat, nach dem Spiel, das sie am Vortag, der immer ein sogenannter Spieltag ist, im großen Fernsehgerät verfolgt hat. Denn auch ihre Wohnung steht voller Geräte, die man ein- und ausschalten kann.

Was für'n Spiel, sage ich dann, ich habe kein Spiel gesehen, und sie sagt dann: zweite Halbzeit, Kuranyi, Verletzung, Deisler, Depression und Tor.

Früher habe ich auch Fußballspiele geschaut, da war ich ungefähr in dem Alter wie der Sohn meiner Freundin jetzt, zehn.

Ich war Fan von Pierre Littbarski, vielleicht weil wir beide O-Beine haben. Ich verfolgte alle Spiele mit Sie-nannten-ihn-Litti und wollte mit ihm, ja, was wollte ich eigentlich, wie habe ich mir eigentlich damals die Verbindung mit diesem berühmten, sichelbeinigen, kleinwüchsigen Fußballer vorgestellt? Sexuelle Phantasien waren's bestimmt nicht. Wollte ich geistige Anerkennung? Ich verfolgte jedes Spiel mit Litti, sammelte jeden Zeitungsausschnitt LITTI TRIFFT WIEDER. LITTI IM GLÜCK. LITTI NACH JAPAN. LITTI NACH OP mit Foto noch besser.

Meine Freundin ist auch Sportlerin. In ihrer Jugend war sie Kreismeisterin im Speerwurf. Sie habe den Speer nur einige Meter weit werfen müssen, um diesen Titel zu erlangen, denn in dieser Kategorie gab es nur eine Teilnehmerin.

Egal wie sie sich ihre Titel erschlichen hat, ich hätte den Speer womöglich gar nicht vom Boden aufheben können, einmal habe ich einen kleinen Medizinball geworfen, egal, auf jeden Fall hat sie einen sportlichen Zug, meine Freundin, denn jetzt kommt sie mit folgender toller Idee heraus, die auch einen sportlichen Zug hat, denn wir könnten, sagt sie, doch ein Hörspiel machen, weil der Dings macht doch auch Hörspiele, und so gut wie der können wir schon lange. Das können wir sogar besser. Auf jeden Fall. Jetzt sitzt schon wieder dieser Sportler auf meinem Sofa, denke ich, auf meinem Sofa, das ich mir eigentlich zur Entspannung hier reingestellt habe, um vielleicht tagsüber darauf zu schlafen, wenn ich vielleicht nachts gebrettert habe, oder um darauf zu schlafen, wenn mein Freund gebrettert hat, oder um darauf zu schlafen, wenn ich zur Arbeit zu müde bin. Bereits beim Aufstellen des Sofas habe ich heimlich diese Idee ausgebrütet, wie ich täglich die Zweizimmerwohnung verlasse, um in mein Büro zum Schlafen zu gehen wie andere Leute zur Arbeit oder wieder andere zum Arbeitsamt. Während mein Freund zur Arbeit in sein Atelier geht, gehe ich in mein Büro und schlafe. Nach acht Stunden klingelt mein Wecker, der Tag ist vorbei, ich kehre in die Zweizimmerwohnung zurück, fit zum Brettern.

Ich bin eine der wenigen, die gute Gründe für die Einführung einer Fünfzig- oder meinetwegen Sechzigstundenwoche hat.

Aber auch in meinem eigens angemieteten Büro bin ich nicht alleine, auch dort werde ich kontrolliert, und durch die arglose Annahme meiner Freundin, ich unterhalte dieses Büro, um zu arbeiten, oder gar, um Ideen auszubrüten, werde ich zum Schlimmsten gezwungen, werde ich dazu gezwungen, im Sitzen zu schlafen. Denn statt mich nach der einstündigen Anfahrt direkt auf das Sofa zu legen, werde ich durch die Anwesenheit meiner Freundin im Zimmer nebenan dazu gezwungen, ebenfalls eine Sitzhaltung am Tisch, eine Sitzhaltung dem Computergerät gegenüber einzunehmen. Sitzt man lange einfach so da, ohne eine Taste zu drücken, schläft zumindest der Computer ohne Skrupel ein, manchmal schwimmen noch paar Fische vorbei, eine schöne, geradezu vorbildhafte Funktion, die schönste Funktion, die dieses Gerät überhaupt zu bieten hat. Der Ruhezustand. Jetzt aber schlägt meine Freundin, die dünn und energetisch auf dem Sofa sitzt, vor, eine Fernsehserie zu machen, das können wir auch, und dazu eine Internetseite und einen Kinofilm. Das Geniale an dieser Idee, ruft sie begeistert, ist die geniale Verknüpfung aller Medien, wir können zum Beispiel auch ein Quartett zur Serie herausgeben und die Texte ins Internet stellen. Es könnte, so sie, aber auch ein Theaterstück sein, da fällt mir ein, pass auf, ruft sie, gestern habe ich folgendes Gespräch gehört, und wäre das nicht ein tolles Theaterstück! Ich aktiviere meinen Computer, indem ich meine Faust auf die Tastatur lege, einfach so, um ihn mein Schicksal teilen zu lassen, um ihn seine fünfzehn Minuten wach rumstehen zu lassen, bevor er sich wieder in Ruhestellung bringen kann, und rufe, okay, weißt du was, alles toll, lass uns aber vorher noch Mittagspause machen. Denn ich weiß, dass meine dünne Freundin nach jeder Mittagspause erst mal eine Kaffeepause benötigt und dass wir, befinden wir uns erst mal in unserem Stammcafé, in dem uns der Kellner schon wie automatisch Schachbrett und Aschenbecher bringt, gar nicht anders können, als erst mal eine kleine Partie Schach zu spielen. Vielleicht einfach, weil wir zu zweit sind und Mädchen und so kein Skat spielen können, oder noch einfacher, weil wir beide einen sportlichen Zug haben. Und weil wir beide einen sportlichen Zug haben, müssen wir, verliert etwa einer von uns, das Spiel wiederholen beziehungsweise Revanche, so lange, bis meine Freundin aufspringt, denn sie muss ihr Kind von der Schule abholen. Mensch, scheiße, ich muss los, schon fast zu spät dran, ruft sie, während ich noch immer versuche meinen König an einen Ort zu fahren, wo er nicht bedroht wird. Er ist aber total eingekesselt und hat schon seit eigentlich zehn Minuten keine Chance mehr, da noch irgendwie rauszukommen. Jetzt bin ich heute schon wieder zu nichts gekommen, ruft meine Freundin und ist bereits gegangen.

Ich kehre zurück in mein Arbeitszimmer und spiele noch paar Partien gegen meinen Computer, die ich alle verliere. Dann beschäftige ich mich wieder eine Weile damit, das Schachprogramm auf eine einfachere Stufe zu stellen, aber es steht bereits auf der einfachsten Stufe. Der Automat bleibt Sieger. Mein Achtstundentag ist beendet.

Du musst alleine leben! Wie willst du denn so schreiben! hat mir schon oft, geradezu entsetzt über meine so verdorbene Lebensweise, eine Kollegin angeraten, die alleine lebt und wohl auch alleine schreibt. Du brauchst doch als Schriftsteller die Sehnsucht, ein Sehnsuchtsgebäude. Nur durch die Abwesenheit der anderen gelangst du in diesen Zustand, den optimalen Zustand, um optimal schreiben zu können: die Sehnsucht. Nur in einem solchen durch die Abwesenheit der anderen errichteten Sehnsuchtsgebäude kannst du überhaupt schreiben. Du MUSST ausziehen. Du MUSST alleine wohnen! Ab sofort! Ich befehle es dir!

Genug telefoniert, sage ich, weil sie mir diesen Vortrag am Telefon hält und weil ich mich einzig und allein danach sehne, diesen zu beenden, lass uns auflegen, teuer. An manchen Tagen, sagt sie, wie um mich irgendwie am Auflegen zu hindern, da telefoniere ich den ganzen Tag, ich stehe am Morgen auf und fange sofort an zu telefonieren, ich telefoniere und telefoniere den ganzen Tag ununterbrochen und komme so einfach zu nichts, sagt sie immer schneller redend, ich telefoniere und telefoniere, und dann ist der Tag ICH LEGE AUF und kehre zurück in meine Bretterbude, in der mein Freund schon vor dem Fernsehapparat liegt, verkatert und erschöpft vom gestrigen Brettern. Gehen wir brettern, sage ich mehr so der Form halber, er aber winkt nur müde, Film, Serie, Internet. Mir ist's egal. Ich setze mich in die Küche und schreibe. Auf einmal, während ich durch die Pappwand immer lauter werdende panische Schreie höre und ich mir sage, dass das nicht mein Freund ist, der da so schreit, sondern dass das der Fernseher ist, der da so schreit und der jetzt so schreit, als würde er sterben oder auf jeden Fall und ziemlich sicher gleich sterben müssen, und dass das Geräusch, welches mein Freund erzeugt, das leise Knuspern ist, das leise, fast zärtliche Knuspern der Chips und Flips, die in meinem Freund verschwinden, der verkatert ist, sitze ich in der Küche und schreibe mit einem ollen Filzstift dieses Filzlied. Ich weiß, das ist irgendwie uncool und sieht gar nicht gut aus. Egal. Jetzt wird hier erst gar nicht groß angefangen hier groß rumzudiskutieren. Denn wenn ich schreibe, schreibe ich, egal wo, fast will ich rufen, egal wie, aber das ist Überschwang. Und in eben diesem Überschwang gehe ich jetzt rüber ins Gerätezimmer und rufe meinem Freund zu: Weißt du was! Wir sollten viel mehr ungeschützten Sex haben! Er ist aber bereits eingeschlafen auf der Couch, während die Leute im Fernseher noch immer um ihr Leben rennen, und manche Sachen kann man eben nur zu mehrt tun. Zum Beispiel sich vermehren.

Ich rufe meine Freundin an und sage ihr, wie großartig ich ihre Idee mit der Kombination aus Fernsehserie, Internet, Plakatwänden, Kinofilm und Quartett finde. Sie freut sich. Ich schlage sogar vor, auch das Hörspiel damit irgendwie zu verbinden. Ja, tolle Idee. Gleich morgen fangen wir an.

Mein Freund schläft mit kunstvoll abgeknicktem Kopf auf der Couch, so kann er mich nicht hören. Auch schreien jetzt einige Kinder laut nach ihren Müttern, die im Fernsehfilm oder Nachrichtenbericht, man sieht es nicht, gerade auf einem Balken im Wasser abtreiben, eine Internetadresse wird eingeblendet. Vielleicht wird irgendwo in Deutschland zeitgleich eine Plakatwand dazu aufgestellt. Ich schalte das Gerät ab.

Mein Freund schläft wie ein Stein, er kann nichts hören, denn Steine haben keine Ohren, und, liebe Kinder, so bleiben meine Pläne geheim, und ich habe immer noch keine.

Ich habe es geschafft. Es ist vollbracht. Ich habe das komplette Rätselheft ausgefüllt. Ich habe Worte eingetragen wie ERN (fränkischer Hausflur) und (Leichtmetall, Kurzwort) ALU. Worte wie LOTEN [1], JEANS [2] und AMOUREN (scherzhaft: Liebschaften). In jedem Kästchen steht jetzt ein Buchstabe. Warum? Warum habe ich das getan?
Es ist und bleibt mir ein Rätsel.

Eben noch schnell die letzten Seiten ausgefüllt, und jetzt sitze ich da, voller Scham. Nicht, weil es eigentlich gar nicht mein Heft war, denn niemals würde ich mir ein Rätselheft kaufen und es dann einfach so monatelang ausfüllen. Das Ausfüllen dieses Heftes hat mich nämlich mit einigen unvermeidlichen Unterbrechungen drei Monate gekostet, drei Monate lang habe ich an diesem Rätselheft gearbeitet, und das ist das, was mich so unangenehm berührt. Es war zwar auch nicht mein Heft, sondern das von meinem Freund, der vor drei Monaten mal krank war, ich habe das Heft für meinen kranken Freund gekauft, eine Weihnachtsgeschichte beginnt.

---

1 Wassertiefe ausloten
2 Saloppe Hose

Für einen kranken Freund kann man ja schon mal ein Rätselheft kaufen. Für einen kranken Freund kann man alles kaufen. Alles das, was man sich sonst nie zu kaufen trauen würde. Aus Anstand. Vielleicht auch aus Stil. Man ist ja kein Rentner. Eigentlich nicht. MAN DARF DIE RENTNERHAFTEN ANLAGEN IN SICH NICHT DURCH DEN KAUF EINES RÄTSELHEFTES WEITERS STÜTZEN UND FÖRDERN.

Mein Freund war krank und freute sich, er füllte einige Rätsel aus, dann gesundete er wieder und ließ das Rätselheft einfach so auf dem Tisch liegen. Eine Weihnachtsgeschichte endet. Nicht so das unausgefüllte Rätselheft. Denn es war unausgefüllt. Ein unausgefülltes Rätselheft, das ist wie eine halbgestrichene Wand, ein angetrunkenes alkoholisches Getränk P senkrecht oder A waagrecht angeschossenes Pferd. Das unvollkommen Angefangne, ich musste es zu Ende vier Buchstaben bringen. Das ist mein Charakter. Ein pedantischer Fanatiker am Rätselheft. Und weil man sich ja nicht hinsetzt und das Heft einmal sauber und konzentriert abarbeitet, habe ich seit dem Tag, an dem das Heft fahrlässig von meinem gesundeten Freund in meinem Zugriffsbereich abgelegt wurde, in jedem frei verfügbaren Moment rasch mal ein Rätsel ausgefüllt, und als Schriftsteller habe ich relativ viele frei verfügbare Momente. Eigentlich nur.
Also rasch schnell beim Frühstück oder rasch schnell beim Einschlafen. Oft habe ich mit letzter Kraft ein Wort wie NANTE (Berliner Eckensteher) oder ORNAT

(feierliche Amtstracht) zu Papier gebracht, ehe ich erschöpft in einen rätselhaften Schlaf sank. HOPPLA, RISS, ENORM, ASE, LETTERA, LEER, ES, ER, AB. Das Ausfüllen von Rätseln ist doch eine sehr monotone Beschäftigung. Da wiederholt sich doch das ein oder andere Wort. Auch die ein oder andere Abkürzung ist immer wieder gefragt. EG, MS (Abkürzung für Motorschiff), AL, CI / DO, RE, MI, FA, SO, LA, SI / LSD. Immer schneller, immer zwanghafter füllt man die Rätselworte in die Rätselkästen. Die Naumburger Domfigur[3]. Die Gestalt aus „My Fair Lady"[4], den Bruder Jakobs im Alten Testament[5]. Wie der Bruder Jakobs im Neuen Testament heißt, weiß ich noch nicht. Aber mit dem Motto der Kelter-Rätselhefte: Wissen durch Raten! komm ich bestimmt noch drauf.

Eines Tages rief mich mein Lektor an. Was machst du, fragte er. Zwischen die Amerikanischen Rätsel waren Knobelkreuzworträtsel gestreut.
Ich trainiere mein Gefühl für den Einzelbuchstaben, sagte ich wichtig. GROSSE EULE, ZUFLUSS DES DNJEPR, KOPFTUCH DES PAPSTES.
Und tatsächlich. Kurz darauf, ein zwei Tage nach diesem Anruf, hatte ich einen Traum. Ich träumte von der Lösung aller je zu schreibenden Texte. In Großbuchstaben sah ich sie vor mir. Begeistert wachte

---

3 Uta
4 Higgins
5 Esau

ich auf. Auf einen kleinen Zettel notierte ich mir die Lösung aller je zu schreibenden Texte. Schreiben im Dunkeln, Teil 8. Beruhigt und durchleuchtet legte ich mich wieder zurück. Am Morgen sah ich sie dann: Die Lösung. Sie lautete:

HAP-PI
PI-NNEBURG
PI-NATS
und in kleinbuchstaben drunter:
alles geht den berg runter.

Macht also Rätseln schlau?
Haben Ähnlichkeiten Bedeutung?
Was ist das Gegenteil von leer?
Und was schenke ich meinem Freund zum Geburtstag?

Gestern hatte ich endlich die Idee, was meinem Freund zu Weihnachten schenken. Ich schlich zum Kiosk. Vor mir standen zwei beigefarbene Rentner. Ihre natürliche Kopfbedeckung (Mehrzahl) war von kleinen Pelzmützen bedeckt. Kannst du mir sagen, was auf meinem Zeitmessgerät steht, sagte der eine betont elegant, weltmännisch. Welcher Teil der Woche ist heute? Ich suche eine Sprechblasenbildgeschichte für männlichen Nachfahren.
Ein Würdenträger der Ostkirche kam hinzu, begleitet von einem aalartigen Fisch: Wie komme ich, es hörte sich an wie ein Fuhrmannsruf, auf direktem Wege zur Kykladeninsel?

Antwort auf Kontra! sagte der Rentner mit dem Zeitmessgerät, Autor von „Die Kameliendame": Nach altem Wegmaß mehrere Hektometer (Abkürzung) durch mit Bäumen bewachsene Fläche am Amazonaszufluss (zwei Worte) rechts Abkürzung und so weiter bis Quellfluss des Pregel.

Der Würdenträger der Ostkirche nickte mit seinem poetisch Kopf und machte sich auf den Weg.

AUSGEWECHSELT

He, ruft jemand ungefragt Zidane zu, der vor seiner Lieblingskneipe lümmelt und auf den Sonnenaufgang wartet, he, ruft ihm einer zu, wer bist du eigentlich! Der da ruft, ist einer, der noch Reste seiner Mannschaft dabei hat, die grinsend hinter ihm herumsitzt und ihm durch ihre debile Anwesenheit den Rücken stärkt, so dass er jetzt fast ein bisschen schreit, fast so, als wäre seine Frage keine Frage, sondern ein Triumph.

Er ruft sehr laut seitlich auf Zidanes Kopf drauf oder dahin, wo er Zidanes Kopf vermutet, obwohl er direkt neben Zidane sitzt und jetzt so tut, als wär das eigentlich sein Tisch, seine Kneipe, seine Stadt, sein Spiel, so, als habe sich Zidane ungefragt neben ihn hingesetzt und nicht er sich neben Zidane, Feinheiten, die ein Schiedsrichter nur per Videoaufzeichnung klären kann, wenn es schon längst zu spät ist. Aber Zidane weiß es auch so, er ist Profi genug, er braucht keinen Schiedsrichter und auch keine Superzeitlupe, um zu wissen, dass er es war, der sich als erster an diesen Tisch gesetzt hat, und zwar allein, kurz bevor es in die Verlängerung gegangen ist. Er hat sich dafür ein weiteres Bier geholt, daran erinnert er sich. Daran erinnert ihn das Glas vor sich.

Seit 2500 Minuten spielt er bereits hier in dieser Kneipe, aber er ist immer noch nicht müde, er ist topfit. Topf-it. Das notiert er sich auf einen Bierdeckel (Rap).

Zidane schluckt einen Schluck Bier aus seinem gro
ßen Glas, lehnt sich zurück und betrachtet das
Schwarze der Nacht, das gerade grau wird, ein schönes, helles Grau, das mal dunkel war, und da hört er
auch schon einen ersten Vogel und auf einmal diese
laut auf ihn draufgerufene Frage: He, wer bist du eigentlich! – erweitert mit: Bist du ein Büroangestellter auf LSD, oder was!

Die Welt könnte so schön sein, wenn sich die Menschen nicht immer so unauffällig ständig beschimpfen und beleidigen würden, denkt sich Zidane, und
er denkt, genau so wird mein erster Hit heißen, den
ich morgen sofort einsingen sollte, wenn ich, aber zuerst mal sollte ich mir diese echt gute Textzeile aufschreiben, damit ich sie nicht vergesse. Aber zuerst
mal muss er noch reagieren, also dreht er sich um
und lacht. Er kann viel trinken und dabei immer noch
mehrere Gedanken gleichzeitig denken, und umdrehen geht auch noch ganz gut. 2556ste Minute. Aber
jetzt hat er dafür den Satz von seinem ersten Hit vergessen, das passiert ihm manchmal, seit er älter wird,
ein tragisches Lied, aber auch schön, irgendwas mit
Beleidigungen und Erniedrigungen, aber es fällt ihm
nicht mehr ein. Schön war er, der Satz, schön und
ergreifend und wahrhaft auch. Er versucht sich eine
Eselsbrücke in die Vergangenheit zu bauen. Warum
habe ich diesen Gedanken gedacht? Aus welchem Anlass? Aber es fällt ihm nicht mehr genau ein.

Gleichzeitig dreht sich Zidane um und lacht, das Geräusch des ersten Vogels im Kopf. Ja, sagt er einfach
so, das bin ich. Genau. Ein Angestellter auf LSD. Ge-

nau. Aber ich bin heute entlassen worden, also gestern, und mit mir 50 000 weitere Mitarbeiter der Versicherungsgesellschaft, deren Namen euch sicher TOPF IT, BABY!

Ein eigentlich guter Versuch, den er jetzt über das Tor in den immer heller werdenden Himmel hinausgehen sieht, denn Rufer und Hintermannschaft stoßen schon wieder an und prosten sich zu, seine Antwort überhörend, denn eine Antwort ist niemals so wichtig wie die Frage, und diese Frage war (keine Frage) gar keine Frage, sondern für sich selbst bereits genug und ziemlich witzig. Die Nacht kennt viele Lieder. Weitere Vögel erheben sich von ihren Plätzen und singen. Man weiß gar nicht genau, wo sie sind, denn auch auf diese Straße fällt das Licht nur von oben, und zudem errichtet sich jetzt vor der Mauer, die die hochgemauerten Hausmauern auf der gegenüberliegenden Straßenseite bilden, eine weitere Mauer, ein betrunkener vollbärtiger Mann stellt sich dicht vor Zidane auf, ob er mitkommen wolle, sei ein nettes Angebot jetzt von ihm.

Zidane hat diesen leicht erregbaren, unangenehm riechenden Mann, der noch älter sein muss, als er selbst es geworden ist, bereits den gesamten Abend so elegant wie möglich umspielt und ignoriert, aber jetzt denkt er sich, wenn umgehen nichts hilft, muss ich es direkt versuchen. Und er versucht es direkt, und das Ergebnis ist einwandfrei: Du, danke, sagt er zu dem Mann, der die Mauer aus Gestank, Bierwolken und „Ich-war-mal-Schlagzeuger-und-spiele-morgen-in-einem-Hinterhof-in-Neukölln-auf-einem-Bioevent" auf ihn zugerückt hat, um sich nochmals eine günstigere Position zu schaffen, und ihn jetzt fast berührt, ich bin nicht hier, um zu vögeln, sondern um den Vögeln hier zuzuhören, ich will nur dasitzen und trinken und hege ansonsten keinerlei Absichten, bitte das zu respektieren TOPF IT, BABY, TOPF IT! diesmal hat er getroffen.

Zidane lässt trotzdem die Hände erst mal unten und legt sie abwartend um sein Glas.

Das geht ja so nicht, ruft der bärtige Zausel zornig, einfach sich die ganze Nacht hier aufhalten und dann nicht mitkommen, sich allein hier einfach so einfach aufzuhalten, die ganze Nacht, und dann nicht mitkommen, wenn er ein so ein echt mal nettes Angebot mal hier jetzt so hier mache. So. Und er mache das Angebot kein zweites Mal, basta. Er gehe jetzt, und morgen, wie gesagt, Konzert im Hinterhof, er erinnere nochmal daran, werde es aber kein zweites Mal tun.

Zidane sitzt. Er hat ein längliches, rotes Gesicht, worüber ein langer, dünner Mund geht. Er fährt sich ein paar Mal mit der rechten Hand über die Glatze, als wären seine Haare nass, die er gar nicht mehr hat.

Der bärtige Zausel kickt eine Flasche zur Seite, er beugt sich vor und will GEH FIEK SWESSTER / MUDDR oder BIOEVENT sagt er ziemlich nuschelnd, man kann ihn kaum – ein Kopf schnellt vor – verstehen, da taucht im Inneren der Kneipe ein viel kleinerer Zidane auf, setzt sich in den bolligen Kasten, der schräg in einer Ecke /

von der Decke / (hängt)

und schweigt, den Kopf gesenkt, als würde er in seinem dasitzenden Körper nach Worten suchen, die er gar nicht kennt. Der Kopfstoß sei eine nicht ganz so gute Idee gewesen, sagt er schließlich fließend vom Übersetzer übersetzt, angesichts der Tatsache, dass Kinder zusehen hätten gekonnt haben hätten können.

Angesichts der Tatsache, dass Kinder zusehen könnten oder gekonnt haben hätten können, nimmt sich auch Zidane draußen groß fest vor, koste es, Ehre hin oder her, was wolle, deeskalierend und friedlich durch die Welt zu gehen und nicht wie sofort Streit anzufangen, nur weil die Welt ihn beleidigt. Soll mich die Welt beleidigen, sagt sich Zidane, ich bleibe ruhig und nehme nur das Schöne mit, in diesem Falle meine Tasche. Er nimmt seine Tasche und füllt sie mit der Zigarettenschachtel und dem Feuerzeug und dem Geldbeutel und einigen Bierdeckeln, auf die er sich vor allem zu Beginn des Abends, in den ersten 740 Minuten, einige Textzeilen notiert hat, um sie nicht zu vergessen.

Zidane steht allmählich auf und nestelt an seinem Fahrrad, welches ihm ein bisschen zu klein ist. Mit gesenktem Kopf rollt er schüchtern und strack durch die sich aufhellende Stadt, die im Gegensatz zu ihm, der durch die kalte Morgenluft und den konzentrierten Versuch, nicht mehrfach umzustürzen, schon wieder etwas ausnüchtert, immer blauer wird.

Zidane liegt um dreizehn Uhr immer noch im Bett. Heute braucht er einen Regenerationstag. Regeneration ist wichtig. Einige gute Lieder entstehen in seinem Kopf gegen fünfzehn Uhr, als er noch einmal auf-wacht und vom Aufstehen träumt, doch er hat keinen Stift neben dem Bett liegen und macht den entschei-denden Fehler, die Augen nochmals zu schließen, und vergisst und schläft und steht am Abend kurz auf, um zu duschen, zu essen, zu fernsehen. Figo ruft kurz an, er will was trinken gehen, aber Zidane ist ausge-powert, und sie verabreden sich daher erst mal lok-ker für nicht heute, aber vielleicht morgen.

KEINER UND NIEMAND

Manchmal denke ich, nur eine kinderreiche Familie reißt einen aus der Verwahrlosung, man reißt sich zusammen, lässt nicht überall in der Wohnung seine alten Kleider rumliegen und räumt die Bierflaschen weg. Wenn man eine kinderreiche Familie hat, muss man am Morgen bereits aufgestanden sein, bevor man noch lange herumliegt, zum Beispiel den ganzen Tag, weil man alt wird und sterben will oder am Tag zuvor einfach wieder zu viele Biere getrunken hat, die man nicht getrunken hätte, wenn man eine Familie und reiche Kinder hätte. So hätte ich zum Beispiel gestern keine Biere getrunken, und auch mein Freund nicht und auch Janet nicht. Janet hätte kein blaues Auge gehabt und wäre auch sonst nicht blau gewesen und hätte sich gestern im Blauen Affen niemals zu uns, die wir gar nicht da gewesen wären, an das Fass gestellt beziehungsweise gelehnt. Denn stehen war nicht mehr so. Und stehen wäre nicht gewesen. Eine kinderreiche Familie hätte dies, denke ich, vereitelt, aber das stimmt nicht, denn Janet hat eine Familie oder zumindest das, was sie uns davon erzählt.

Eigentlich stehen wir also nicht an der Fasstonne im Blauen Affen, wir wohnen auch nicht in Neukölln und wollen auf keinen Fall jetzt dort noch kurz noch ein kurzes Bier trinken. Auch nicht da ist der stille Mann, der immer wieder an den Spielautomaten tritt und dort leis und geschmeidig Eurostücke einwirft, als ob nichts wär, und sich dann zurück auf seinen Hocker setzt, als wär nichts gewesen, und den Automaten seine Umdrehungen machen lässt, als wär der auch nicht da. Immer wieder setzt er sich zurück auf seinen Hocker, während sich die Bilderwalzen im Automaten drehen und ausdengeln, hockt still da und schaut nicht hin, als wäre sein Blick böse und schwarz, als würde er durch ihn, würde er ihn hinüberwerfen, das bunte, sorglose Treiben im Automaten beeinflussen und so großes Unglück über sich bringen.

In regelmäßigen Abständen steht er auf und wirft neue Eurostücke in den Automaten, als würde es ihm gerade spontan einfallen, das jetzt einfach mal zu tun, als würde er es nicht schon seit Stunden tun, als wäre er nicht schon letztes Mal, als wir zum ersten Mal hier gewesen sind, auch da gewesen und hätte da nicht auch den ganzen Abend Eurostücke in den Automaten geworfen, sich immer wieder in einiger Entfernung, in einer Art Sicherheitsabstand, zurückgesetzt, als würd ihn alles nichts angehen, als wäre das Einwerfen der Euros ein bloßer Automatismus oder bereits bloßer Sinn der Sache, als würde er nicht dort im Sitzen auf seinem Hocker alles verlieren.

Und da stellt sich auch schon Janet zu uns an das Fass. He, seid ihr Studenten, ihr seid doch Studenten, das sehe ich doch, dass ihr Studenten seid, ruft sie uns aus ihrem Anoraksystem entgegen und nähert sich mit ihrem blauen Auge dem Fass.

Meine Tochter, sagt Janet und wirft sich gegen das Fass, will auch studieren. Meine Tochter, sagt Janet, während wir leere und volle Gläser auf dem wackelnden Fass zu halten versuchen, die will auch studieren, denn Janet hat eine kinderreiche Familie und keine Arbeit, scheiße, und ihre Tochter, die jüngste, die vierzehn ist und total schlecht in Mathematik, die will Architektur studieren. Dabei ist sie in Mathematik eine totale Niete, sagt Janet und greift mit ihrem Anorakarm in meine Zigarettenschachtel. Ach, was, Mathematik, das braucht man da gar nicht, sagt mein Freund, nur Statik, und es sieht dabei so aus, als würde er die Gläser umarmen, die er nur festzuhalten versucht, Statik, sagt er, das ist ganz was anderes.

Ich musste auch viel rechnen, sagt Janet und stülpt ihr Fass zurück auf das wackelnde Glas / was / oder wer, will sie wissen, wackelt denn hier so verdammt nochmal!

Weiß auch nicht, sagt mein Freund, der es nicht gewesen sein will, er zeigt auf eine Stelle, wo niemand steht, denn der ist unsichtbar, hat aber schon jede Menge getrunken, weil die leeren Gläser, die sieht man trotzdem, auch wenn sie durchsichtig sind.

Ich weiß, was das heißt, zu rechnen, sagt Janet und redet dabei so laut, wie nur Leute reden, die eigentlich ganz andere Absichten haben, diese aber durch unauffällig lautes Sprechen, sogenanntes Schreisprechen, zu verbergen versuchen.

Der stille Mann aber wendet sich still an die Wirtin, er hat kein Kleingeld mehr, und gerade brauche er wie zufällig welches. Konzentriert stellt er seine Frage, als sei ihm gerade eine gute Idee gekommen, für deren Umsetzung er nichts als etwas Kleingeld brauche. Aber die Wirtin, an deren dünnen, krummen, erfahrenen Beinen die schwarze Jeans weiträumig herabsteht, verwehrt es ihm. Sie habe auch kein Kleingeld mehr, da müsse sie erst zur Post, und die habe erst morgen wieder auf. Zur Post, ruft Janet laut, die mit uns an unserem Fass steht, das ist ja interessant! Von einem Nebenfass erklingt das Rosamunde-Lied, und die Wirtin, leicht gebückt in ihrem dürren Körper, nähert sich unserem Fass jetzt mit drei Gläsern Bier. Den ganzen Tag schon lungerst du hier rum, sagt die Wirtin zu Janet, so laut, dass wir es hören, denn manchmal sind Botschaften, auch wenn sie direkt an eine andere Person gerichtet sind, gar nicht eigentlich für diese bestimmt. Du gehst den Leuten auf die Nerven und schnorrst sie die ganze Zeit nur an, jetzt hat die Wirtin auch wieder jede Menge Kleingeld, das sie aus ihrem großen Lederbeutel mit ihrer knöchernen Hand auf den Tisch zählt.

Gehe ich euch auf die Nerven, fragt Janet, nee, alles okay, denn wir sind höflich und finden trotz unseres Studiums keinen Ausweg aus diesem bereits gelaufenen Abend, der jetzt hier abläuft, und ergreifen das frische Pils, jetzt ebenfalls leicht geduckt, in Erwartung des Fachgesprächs, das nun zwangsweise folgen wird, denn – Fehler – wir haben unsere Berufe verraten. Wir sind nämlich gar keine Studenten. Aber eigentlich sind wir ja auch gar nicht hier. Ich hab auch mal ein Gedicht geschrieben für meinen Mann, sagt Janet zu mir, weil ich gesagt habe, ich schreibe, jetzt geschieden, sagt sie, und ein Bild dazu gemalt, sagt sie zu meinem Freund, weil der gesagt hat, er male, kam gut an, sagt Janet, jetzt arbeitslos, sagt sie, scheiße, sagt sie und: ich muss runter vom Alkohol. Außerdem habe sie kein Geld mehr und einen kranken Vater und drei Kinder und soundsoviele Entziehungskuren in Sachen Heroin, Kokain und Pillen hinter sich und müsse jetzt nur noch runter von dem beschissenen Alkohol und nach Hause, habe aber kein Geld mehr und wolle noch gern noch ein Bier, ob nicht wir ihr ein Bier ausgeben könnten, und sie verspricht, es schnell zu trinken, ein schnelles Bier nur, das sie schnell trinken wird, denn eigentlich muss sie heimgehen, aber gehen geht dann auch nicht mehr, und sie umarmt später draußen vor dem Blauen Affen einen Ampelpfosten, nicht aus Mitleid oder Liebe, sondern weil es nicht anders geht, und weil der Pfosten gerade da steht, wo auch sie zu stehen versucht.

Der stille Mann, von ihr „Türke" genannt, nähert sich geräuschlos unserem Fass, bekommt aber auch hier kein Kleingeld. Von Janet nicht, weil sie überhaupt kein Geld mehr hat, und von uns nicht, weil wir da erst zur Post müssten, und die hat gerade nicht auf. Er wendet sich ab und verlässt das Lokal so still und dezent, wie er einst gekommen ist. Die wollen nur eines, sagt Janet und wirft ihren Kopf in Richtung „Türke", der das Lokal bereits verlassen hat, sie ballt die Faust und lässt den Daumen nackt und rot aus ihren Fingern herausstehen. Dann wackelt sie lange und ausdauernd mit der Spitze, wackelt vor dem Gesicht meines Freundes herum, der so tut, als habe er das noch nie gesehen, genausowenig wie er jemals davon gehört hat, dass es Menschen gibt, die Dick und Doof heißen. Menschen, die Dick und Doof heißen und Probleme mit Leuten haben, die mit Nachnamen Keiner und Niemand heißen. Keiner hat mir auf den Kopf gespuckt und Niemand hat's gesehen. Keiner hat Geld in den Automaten geworfen und Niemand hat's gesehen. Keiner hat keine Arbeit mehr und niemand hat Arbeit. Keiner hat schon mal ein Gedicht geschrieben und niemand malt hier Bilder.

Der eigentliche Trick, sage ich zu Janet, weil ich keine Kraft dazu habe, eine Rede über Literatur zu halten, der eigentliche Trick, sage ich deshalb zu Janet, ist nicht, ein Gedicht zu schreiben, das kann jeder, man muss es auch verkaufen können. Ein Gedicht zu verkaufen, das ist die wahre Kunst.

Janet baut noch ein Bierdeckelhaus, da dunkelt die Wirtin das Lokal ab, und wir folgen dem Geist des stillen Mannes ins Freie. Weiß liegt der Schnee auf den sonst schmutzigen Beeten am Rande der Straße, am Ampelübergang. Janet tritt hinaus und umarmt den Pfosten. Da lassen wir sie stehen.

Mir ist es ehrlich egal, sage ich, welche Süchte irgendeiner hier irgendwie noch hat. Lass stehen, sagt mein Freund, da kannste nix machen.

So etwas Hartherziges und Zynisches würden wir bestimmt nicht sagen, wenn wir Oberhäupter kinderreicher Familien wären. Und wenn Janet keine Kinder hätte, dann würde sie auch keine Ampelpfosten umarmen. Und die Wirtin wäre schon längst zuhause, und der stille Mann würde am Bettchen seiner Tochter sitzen und ihr eine Geschichte erzählen. Es ist eine traurige Geschichte, und der stille Mann, genannt „Türke", muss weinen, das sieht aber seine Tochter nicht, denn sie hat bereits die Augen geschlossen und bereitet sich innerlich auf die morgige Statikprüfung vor. Wie ich einmal die tolle Idee hatte, Geld in einen Automaten zu werfen, fängt sie an, die Geschichte, und wenn keiner nicht gestorben ist, dann lebt niemand, der eine kinderreiche Familie hat, noch heute, hört sie auf.

UND ES WAR SOMMER

Die Mäuse waren alle fleißig, bis auf eine. Hier kurz F. lag immer nur rum, meist auf dem Rücken in der Sonne, und bildete dabei eine große Gedankenblase. Während die anderen Mäuse Ketten bildeten und sich gegenseitig Körner zureichten, lag hier kurz F. herum und starrte in den Himmel. Die anderen Mäuse, sie schwitzten und schufteten den ganzen Sommer, und als der Sommer vorbei war, schufteten sie den ganzen Herbst lang. Pass auf, pöbelten sie die Maus F. an, die dalag unter ihrer Gedankenblase wie ein Solariumsbesucher, wenn der Winter kommt, dann siehste alt aus, ja, pass auf! Was machste dann! Doch kurz F. ließ sich nicht beirren. Wieso einen schönen Tag mit Körner-Trag-Arbeit oder Körner-im-Bau-Einlager-Arbeit entweihen. Sie blieb liegen.

Ich auch. Aber ich war allein. Und es war Winter. Und es war Berlin. Und es war dunkel. Und es war vielleicht schon elf, vielleicht auch schon zwölf, aber vielleicht auch erst sieben Uhr. Und ich starrte nicht nach oben, wo eine Sonne herunterschien und mein sowieso nicht vorhandenes Mäusebarthaar genüsslich erzittern hätte lassen können, sondern immer mal so halb aus dem Fenster, um etwaige Lichtveränderungen festzustellen. Es blieb aber immer gleich. Irgend jemand hatte eine dicke graue Decke über diese Stadt gelegt. Oder war die Decke schwarz? Oder farblos? Oder Lappen? Egal. Unter meiner eigenen Decke mit den ehemals blauen Streifen lag ich scheinbar träg und faul wie ein feuchtes, verkrochenes Tier. Wo war meine Mäusefamilie!? Wo war mein Mäuseclan!? Wo waren meine aktiven Mitmäuse, die mich mit ihren hellen, aufgeregten Mäusestimmen hätten anpöbeln hätten hätten können. Was ist mit Dir! Was ist los! Mach mit! Nee, keiner scherte sich einen Dreck. Ich drehte mich um und blieb liegen.

Jetzt kommt der böse Winter. Die Mäuse drängen sich in ihrem Bau und essen nach und nach alle gesammelten Speisen auf. Sie futtern alles in sich rein. Bis nichts mehr da ist. Bis einer heult. Diese unvernünftigen Tiere! Was nu?

– Feli, hast du keine Milch gekauft?

– Ich? Wann? Jetzt? Wieso?

(Da war doch noch eine Mitmaus in der Küche.)

– Du wolltest doch, du solltest doch, du hast doch selber gesagt, du würdest…

Ah, die faule Sau äh Maus! Leben dringt in die eben noch so deprimiert und ratlos herumhängenden Mitmäuse. Genau! Was macht die eigentlich! Sie drängen F. in eine Ecke. Siehste, pöbeln sie F. an, da haste es. Wir haben nix mehr! Und du, du hast nix gesammelt. Was ist dein Beitrag! Los, raus damit! Oder wir schlagen oder nagen dich vielleicht kaputt! Genau, ja, HE! Was hast du gesammelt! Und die dicke, verträumte Maus steht auf (richtet sich auf) und fängt an zu erzählen. Von den Sonnenstrahlen, dem gelben Korn, den Farben und Geräuschen der Welt draußen im Sommer. Und die Mäuse vergessen ihren Hunger, auf jeden Fall ihre Langeweile im selber gescharrten, schlecht beleuchteten Loch. Der Inhalt der Gedankenblasen leert sich unerbittlich in Farbbrocken, Noten und Buchstaben auf die lauschenden Mitmäuse. Und die, sie fangen an zu verstehen.

Sie rufen: Frederick, du bist ein Dichter / Und der (errötend): Ja, meine lieben Mäusegesichter! /

Ich erhob mich. Ja, genau! Was hast du gesammelt! Und ich hatte gesammelt. Jede Menge. Ja, denn ich bin ein Sammler, liebe Mäusegesichter, ich sammle. Ich sammle Worte und Sätze genau so wie Frederick, die Maus / aus /

dem gleichnamigen Buch von Leo Lionni, durch dessen Lektüre ich schon als Kind zum Dichter berufen wurde. Ja, meine Vorbilder waren nicht Goethe, nicht Schiller, nicht Gertrude Stein / nein /

es war eine dicke, faule Maus, die sich auf einen Stein stellt und von dort aus predigt.

Auf einmal war ich voller Glück. Und so ging ich aufgerichtet und zielsicher zu meiner Schublade und öffnete sie. Ich war eine große Maus, so kam ich leicht und locker an den Schubladengriff ran. Da waren sie. Einundvierzig Kladden, unterschiedlichster Größe und Art, voll vollgeschrieben. Was willst du, rief ich in die Küche. Ich habe meinen Teil getan. Voller Zuversicht blickte ich auf meine Kladden. Kleine Din A6 Kladden, die man in der Jackentasche mit sich herumtragen kann, oder auch Din A5 Kladden mit Einband aus harter Pappe, praktisch zum Draufschreiben, und die guten, orangefarbenen Hefte von Brunnen, elastisch, kariert, 3 Euro 50. Auch einige Schulhefte aus dem ausländischen Ausland mit ausländischer Linierung und fremdartig bunten Umschlägen und Größen waren darunter. Da schaut her, mein Beitrag. Über Jahre hab ich nun gesammelt. Nun will ich euch zeigen, was ich die ganze Zeit über gemacht habe. Ich schlug die Kladden auf. Meine Mitmaus kam aus der Küche und stellte sich erwartungsvoll und irgendwie auch leicht aggressiv wirkend in den Türrahmen. Ich glaube, sie hatte echt Hunger.

– Dann hol dir halt was.

– Nein.

Die Mitmaus blieb stehen.

– Jetzt bin ich aber mal gespannt. Schieß los!

Ich blätterte, suchte einen Aufschrieb vom Sommer, den Farben und Geräuschen der Welt draußen. Dann wandte ich mich mit der Kladde meiner Mitmaus zu und las

a wie aufgewacht, sommer, durchs fenster vögel, geschrei, aus dem ich folgende worte heraushöre DRECK-SAU! WENN ICH DICH NOCHMAL ich stell die musik an, kein wunder, denke ich, das färbt irgendwie ab, das setzt sich in deinen kopf rein, dieses ständige hintergrundsgeschrei, eine schicht in deinem kopf, neue worte, eine neue literatur MEIN KUMPEL DA WO

Meine Mitmaus legte sich hin. Sie zog sich die Decke über den Kopf.

Achtung, Herrschaften, auf der Rutsche! Bitte keine Staubildung, bitte keine Staubildung und den Ausrutsch unten frei halten!

Meine Mitmaus schaute mit aufkeimendem Interesse unter der Decke hervor. Vielleicht versuchte sie auch nur zu atmen.

Würden Sie bitte aus der Sprunganlage rauskommen! Kinder über sechs Jahre aus dem Planschbecken raus. Der Autobesitzer mit dem Kennzeichen B-XY-2239 bitte das Auto abschließen!

Das ist aus dem Yella-Sportbad! rief meine Mitmaus begeistert. Das sind die Bademeister. Du hast die Bademeister gesammelt!

Ich trug weiter vor aus Kladde 7:

He, was wird denn das da oben, versammelt ihr euch da, ihr sollt springen! Leute, immer nur einer aufm Brett! Von der Leine runter! He, Leute, wird das da oben ne Versammlung? Ihr sollt springen und nicht da oben rumstehen. Zum letzten Mal: Trennleine loslassen. Das ist eine Absperrung und kein Turngerät. Auf der großen Rutsche wird in fünf Meter Abständen gerutscht und kein Stau gemacht.

Runter von dem Pilz! rief meine Mitmaus.

Ich hatte sie trotz Hunger und Kälte in einen Ekstasezustand versetzt. Sie befand sich wieder auf ihrem Coca-Cola-Strandlaken im großen Freibad Berlin-Neukölln auf niedergetrampeltem, gelbbraunem Gras am kargen Schattenplatz mit Blick auf den Sprungturm, auf dem sich die Kämpfe und Mutproben der Jugendlichen abspielten. Mit einer Bombe warf sich ein Halbstarker vom Fünfer runter, so nah wie möglich an den Betonbeckenrand. Die Umstehenden applaudierten.

Schade, dass er gehen muss, und wir müssen hierbleiben, zitierte ich einen der mindestens zwölf Bademeister, die an strategisch geschickten Punkten im Bad ihre Hochsitze haben, auf denen wie MGs Megafone befestigt sind, die sie in alle Richtungen drehen können, in denen sich eventuell zu Maßregelnde befinden. Also in diesem Fall /
überall /
hin. Denn im Sommer ist das Bad voll voll von überdrehten Kleinkindern, überdrehten Großkindern und Jungs voller Testosteron. Die meisten können kaum schwimmen und, so macht es den Eindruck, auch kaum sprechen. Oder Sprache verstehen. Zumindest die Sprache der Bademeister.

Mein Gott, so ein Stress, stöhnte meine Mitmaus verloren in der Erinnerung an einen heißen, sehr heißen Sommertag inmitten von Staub und Stimmung einer Großstadt, die nicht genug Geld hat, um zu verreisen. Bin ich froh, dass ich da jetzt nicht bin, dass ich da jetzt nicht sein muss.

Der Tiefpunkt ist erreicht, wenn man seinen Eltern versucht ein Duschgel zu verkaufen, zitierte ich aus Kladde 30.

Soll der Herr sich W. nennen. Eine Familie ist er nicht. (Kladde 33)

Inzwischen hat B. die Wahl der Motive erweitert. Er fotografiert nicht nur sich selbst, sondern auch seine Freunde. (Kladde 30)

In ihrem Gesicht trägt sie ein Stück Po. Deine Mimik erlaubt es dir, auch was zu sagen, wenn du nichts sagst. Mein Herz ist ein Flughafen und die Enden / meiner zwei Händen / sind Parkplätze, auf denen mal ein Bier, mal eine Schachtel…

Okay, sagte meine Mitmaus, ich gehe. Hast du noch Geld? Was soll ich mitbringen?

Bring bitte auf keinen Fall deine Eindrücke der Farben und Geräusche von draußen mit, sagte ich, hol lieber paar Brötchen. Ich zog die Vorhänge zu.

Also Schrippen, sagte meine Mitmaus. Ich gab ihr Geld, und sie zog Leine. Jetzt war ich wirklich alleine. Und es war wirklich dunkel. Meine Hände machen kein Geräusch mehr, wenn ich sie aneinanderschlage, sagte ich zu mir selbst. Glaube ich zumindest, denn ich konnte mich ja nicht sehen. So ganz im Dunkeln / hätte ich auch mit Furunkeln /

bedeckt sein können, und ich hätte es nicht bemerkt. Ich sägte mir ein Bein ab und lachte schäbig dabei. Ist mir doch egal, ob's mir egal ist. Mir war fast so, als würde ich ein kleines Lied singen. Nur um ein Geräusch zu hören. Vielleicht aber auch nur um ein Geräusch abzugeben. Ich machte mir ein wenig Licht am äußeren Ende einer Zigarette. Dann machte ich ein wenig Rauch um nichts und Schall und Lärm / zersägte mir noch das Geärm /

mit dem ich kurz davor noch den Fernsehapparat anmachte, wie diese Operation am offenen Gehirn zeigt, sagte von dort heraus ein Reporter, ein Bild kommentierend, das ich hier nicht kommentieren will / es röchelte der Patient, sonst war es still /

Dass das Leben überhaupt ein Geräusch macht, dachte ich, das ist schön, denn ich hörte jetzt ein Scharren an der Tür. Meine Mitmaus war auf der Suche nach dem Türschloss. Jeder sucht das, nach dem er sucht, dachte ich. Ich legte mich wieder hin. Meine Mitmaus erstürmte die Küche und kochte dort Kaffee. Sie sang/
mit ihrem hohen Sopran, es drang/
bis hinüber zu mir.

1

Einsam sitzen ...

...im Gemälde oder davor. Für Ihre Mäuse können Sie auch mehr bekommen als Milch und Schrippen. Die wunderbar schillernden Gemälde des Malers R. Dietrich.

2

3

4

1

Frau vor Windrad, 60 × 40 cm, Acryl auf Leinw., u. l. sign.,
inkl. Rahmen
In einem schlafwandlerisch sicheren Montageakt setzt Dietrich die
Tochter des befreundeten Staatsanwaltes Finderkegel, genannt „Fiffi",
auf einen einfachen Holzbalken in die Landschaft seiner Heimat. Ein
gewaltiges Sinnbild von Technik, Mensch, Erinnerung, Tier und kind-
licher Kindheit entsteht.
Schätzpreis: 400 – 450 €

2

Vogel über Zitronenscheibe, 65 × 45 cm, Acryl auf Leinw., u. l. sign.,
inkl. Rahmen
Die normalerweise mit dem Fisch kombinierte Zitrone wird hier zum
Symbol des Überflogenwerdens. Die aus dem Vogel herausgefallen ge-
scheinende Zitrone wird durch die raffinierte Farbführung zum Motiv
von Nest und Nachtigall. Hier zeigt sich eine weitere Palette aus dem
breiten Können des gereiften Malers.
Schätzpreis: 420 – 490 €

3

Madonna am Straßenrand, 55 × 35 cm, Acryl auf Leinw., o. l. sign.,
inkl. Rahmen
Die heilige Frau an der Straße, an deren Rand wir alle stehen müssen.
Der weite Himmel – durchstoßen nur von einigem Geäst. Der Baum –
sicher im Strich. Weltliches und Religiöses: nur Malerhand kann solches
einen.
Schätzpreis: 360 – 410 €

4

Kornfeld mit Windrädern, 45 × 75 cm, Acryl auf Leinw., u. l. sign.,
inkl. Rahmen
Von seinen Landschaften erscheinen uns die Landschaften mit Windrad neben den Landschaften, in denen Mädchen herum, am nahezu
zeitlosesten. Mit der Kraft eines Visionärs schuf Dietrich hier beein-
druckende Zeugnisse einer Gegend, in der die Zukunft gleicherma-
ßen kommen wie gekommen scheint.
Schätzpreis: 460 – 520 €

5

Mädchen in Blau, 55 × 45 cm, Acryl auf Leinw., u. l. sign.,
inkl. Rahmen
Die langjährige Freundschaft mit der Staatsanwaltsfamilie E. und F.
Finderkegel bildet erneut Grundlage eines Portraits. Es zeigt die jüngste Tochter (und Lieblingstochter Dietrichs) Elisabeth „Fiffi" Finderkegel beim Klavierspiel. Beachtenswert die strenge Reduzierung auf
das „im Klavierspiel begriffene" Gesicht der jungen Musikerin.
Schätzpreis: 440 – 530 €

5

6

7

8

6
Mädchen spielt mit Katze, 65 × 55 cm, Acryl auf Leinw., u. l. sign.,
inkl. Rahmen
Kindliches Erstaunen über die Kraft des eigenen Armes. Bereits im
Alter von 5 soll der aufstrebende Künstler seine erste Katze „Miez" mit
Lehm übergossen, getrocknet und als Skulptur auf dem Schöppinger
Markt aufgestellt haben. Ein Paradebeispiel aus der späten Phase des
Werks des Malers.
Schätzpreis: 490 – 570 €

7
Nonne, lesend, 65 × 55 cm, Acryl auf Leinw., u. r. sign., inkl. Rahmen
Eines der persönlichen Lieblingsbilder R. Dietrichs. Eine Liebeserklä-
rung an die Literatur. Versunken darin und doch wie in sich selbst
emporblickend: Dietrichs Lieblingsnonne, Schwester Maria Elisabeth
Anna Helena Klaus. Es wird überliefert, dass Dietrich immer wieder
auf dieses Bild gedeutet habe und ruf: „Das ist meine Pastorale, mein
Guernica!"
Schätzpreis: 500 – 690 €

8
Der Spaziergang, 60 × 50 cm, Acryl auf Leinw., u. l. sign.,
inkl. Rahmen
Ein Familienidyll, heiter bis wolkig. Ein Sonntagsspaziergang ohne
Ende. Pastos trifft das schwere Umbra des Matsches, auf dessen ober-
ster Kante (Kippe?) Mensch und Tier vereint sind, auf das zarte Coelin
des Himmels. Wolken weisen dort auf das Wetter hin.
Schätzpreis: 420 – 460 €

9
Birne, Glas, Birne, Hummer, 45 × 45 cm, Acryl auf Leinw., o. l. sign.,
inkl. Rahmen
Hier setzt Dietrich schlicht schwarze Linien gegen feurig massive Farb-
flächen. Der späte Dietrich befreit sich hier trotz schwerer Hautkrankheit von seiner Vergangenheit: „Die Malerei wird an mir ihren Weg-
weiser finden. Ich bin es, der weiß." (Notizen auf anderen Zetteln,
Paris 1990)
Schätzpreis: 350 – 390 €

10
Selbstportrait, 50 × 50 cm, Acryl auf Leinw., o. l. sign., inkl. Rahmen
Ein souveränes Tableau zeigt den Maler als Dichter und Denker in ei-
ner antiken Pastorenrobe als jungen Mann in seiner Münchner Zeit.
Erstaunlich gereift sein stilsicherer Pinselstrich, mit dem ihm das Ge-
sicht zur Landschaft wird.
Schätzpreis: 380 – 510 €

9

10

11

11
Frau in Rot, 70 × 70 cm, Acryl auf Leinw., u. r. sign., inkl. Rahmen
Seine Verlobte Gudrun Gau vor ihrem Haus. Stehen, Sitzen, Liegen:
hier aufgehoben zu einer geradezu ewigen Haltung an Anmut und
Schönheit.
Schätzpreis: 550–720 €

12
Glühbirne, 50 × 45 cm, Acryl auf Leinw., u. l. sign., inkl. Rahmen
Die Glühbirne ohne Glut. Dietrich verarbeitet hier die Trennung von
seiner Frau, Gudrun Gau, den Tod seines Freundes und Beraters Sieg-
fried Buhde. „Mein Dasein ist dunkel und scheint ohne Licht."
Schätzpreis: 350–420 €

13
Glas, 45 × 45 cm, Acryl auf Leinw., o. l. sign., inkl. Rahmen
Beeinflusst durch die Lektüre einiger Bücher erstellte R. Dietrich in
den Jahren 1935–46 mehrere Stilleben leerer Gläser und Gefäße. Be-
rühmt auch seine Oldenburger Vase (leider verschollen). Die Leere des
Glases und die Möglichkeit seines Anfüllens ist eine Aufforderung, das
Gute zu tun, weist jedoch immer wieder auf die existentielle Selbstsei-
ung des Menschen und seiner „linken" Hände zurück.
Schätzpreis: 310–390 €

14
Wald, 40 × 50 cm, Acryl auf Leinw., u. l. sign., inkl. Rahmen
Der neunzehnjährige Dietrich zeigt sich hier kompromisslos mit sei-
ner Staffelei.
Schätzpreis: 330–340 €

15
Auge, Auge, Auge, 70 × 85 cm, Acryl auf Leinw., u. l. sign.,
inkl. Rahmen
Das letzte Werk kurz vor seinem Tode im Jahre 1969. In diesem Jahr
entstehen noch einmal erstaunliche Bilder. Dietrich wollte noch viele
angefangene Werke beenden und signieren, mit schwindenden Kräf-
ten. Vermutlich handelt es sich um ein Bildnis, das den Maler mit seinem langjährigen Hund und Lebensgefährten Max zeigt.
Schätzpreis: 580–710 €

16
Blumentopf, 55 × 45 cm, Acryl auf Leinw., u. l. sign., inkl. Rahmen
Immerwiederkehrendes Motiv: der Belgische Gummibaum. Die Nase
des Belgischen Baums und sein hautfarbener Mund sorgten bei
Dietrichs erster und einzigster Ausstellung in Münster 1958 für ei-
nen lokalen Eklat.
Schätzpreis: 440–490 €

12

13

14

15

16

17

19

18

17
Frau und Vollmond, 70 × 50 cm, Acryl auf Leinw., u. r. sign.,
inkl. Rahmen
Größe und Dunkelheit des Alls. R. Dietrichs Rückkehr zur Romantik. Ein Schritt, den der Maler alleine ging. Am Horizont zeichnet sich übrigens die Tochter des Staatsanwaltes Finderkegel, Elisabeth „Fiffi" Finderkegel, ab.
Schätzpreis: 480 – 570 €

18
Felder und Windräder, 70 × 70 cm, Acryl auf Leinw., u. l. sign.,
inkl. Rahmen
Ein außergewöhnliches Werk von symbolischer Bedeutung. Spuren eines Traktors? Mähdreschers? Güllewagens? Wir wissen es nicht. Die Spuren führen uns direkt in die Tiefen der Malerei. Vom Kornfeld ins Farbfeld.
Schätzpreis: 550 – 630 €

19
Das Schwein, 35 × 45 cm, Acryl auf Leinw., u. l. sign., inkl. Rahmen
Zum Schwein und Gesellen Tier hatte der Sohn eines Schweinezüchters ein zwiespältiges Verhältnis. „Einige Ferkel habe ich mit der Flasche großgezogen, andere nicht."
Schätzpreis: 250 – 320 €

20
Die Kuh, 45 × 40 cm, Acryl auf Leinw., u. r. sign., inkl. Rahmen
Lebensraum Milch? „Oft sah ich Kühe wie Schießbudenfiguren in der Landschaft stehen", erinnert sich R. Dietrich nicht ohne Schmunzeln an seine eigene Jugend.
Schätzpreis: 300 – 350 €

21
Blumentopf vor Grau, 75 × 55 cm, Acryl auf Leinw., u. l. sign.,
inkl. Rahmen
Schwer und süß will uns der Duft aus diesem Gemälde heraus befallen. Ein stilles Bild voller Anmut, voller Schmerz. Die abgeknickte Blume, Hommage eines 25jährigen an die alten Holländer oder Sinnbild frühen Leids?
Schätzpreis: 490 – 550 €

20

21

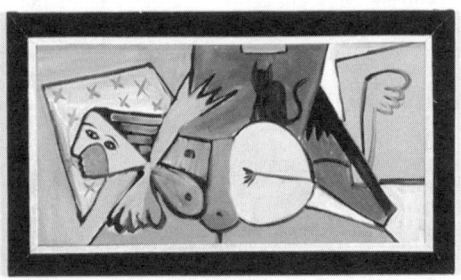

22

22

Liegende, 45 × 80 cm, Acryl auf Leinw., u. l. sign., inkl. Rahmen
Im Künstlercafé „Chez Paris" soll Dietrich einen kurzen, aber heftigen Disput mit dem Anführer der Kubisten ausgefochten haben. Mit leichter Pinselführung gelingen ihm Werke, von denen nur wenige erhalten sind. Unter ihnen: „Selber Paris", ein Bild von aussagekräftiger Aussagekraft.
Schätzpreis: 480 – 590 €

23

Spaziergänger und Windrad, 55 × 50 cm, Acryl auf Leinw., u. l. sign., inkl. Rahmen
In seinen Aufschrieben (Notizen auf anderen Zetteln, Paris 1990) findet sich zu diesem Gemälde eine kurze Notiz, datiert mit einem Datum aus dem Jahre 31: „sich selbst – andere – der Vergleich – xkjkfkjfklskfj (unleserlich) – kjasfjskfj Verfahren lösen – mit Max in die Gärten – immer wieder zurück – Halsband franst".
Schätzpreis: 370 – 410 €

24

Totenkopf, 55 × 45 cm, Acryl auf Leinw., o. l. sign., inkl. Rahmen
Mit einzigartiger Farbgebung nimmt Dietrich ein beliebtes Motiv auf: den zahnlosen Schädel. Strahlendes Weiß neben tiefem Purpur, Havannabraun neben sattem Ocker. „Seit Tagen feile ich an dem Schädel. Jetzt glaube ich, er ist."
Schätzpreis: 420 – 490 €

25

Frau mit Spiegelei, 50 × 70 cm, Acryl auf Leinw., u. l. sign., inkl. Rahmen
Die zunehmenden Beschwerden halten Dietrich vom Malen nicht ab. Das regelmäßige Essen, von der Nachbarin, der Norwegerin I. Olsen, geborene Koch, ins Haus gebracht, verschafft ihm manchesmal bessere Tage. Dietrich malt die Bilder „Komposition 10 (Frau mit Spiegelei)" und „Komposition 11 (mit Rind)".
Schätzpreis: 470 – 570 €

26

Die Vogelscheuche, 75 × 55 cm, Acryl auf Leinw., u. l. sign., inkl. Rahmen
Sonnen- oder Weltuntergang? Das mit Abstand dramatischste Bild aus dem Werk des Malers. Am Himmel erscheinen schwarze Vögel. Ahnte der Maler die Last der kommenden Jahre schon im Voraus? „Gestern malte ich wieder an der Scheuche", schrieb Dietrich 1928 seinem Gönner, dem Großunternehmen Wolfgang Wurz, 1928 aus Münster.
Schätzpreis: 520 – 730 €

23

24

25

Literatur: S. Buhde: Bilder, die wir noch nie gesehen haben, München 1932;
R. Dietrich: Notizen auf anderen Zetteln, Paris 1990.
Mit freundlicher Unterstüzung durch: S. Niehoff, W. Wurz, P. Tedden,
Fam. Buhde, Dr. H. Meier, F. Zeller, A. Bojak, J. Schmarsow, A. Berßelis,
A. Dietrich, Kreissparkasse Borken, RAHMEN KNEGGL
Fotos: W. Bottländer
Bilderfassung: R. Neu-West

Verschollen, verstaubt, vergessen?

Der Maler R. Dietrich

Erstmalig wurden die Werke des lange verschüttet geglaubten Malers R. Dietrich (geb. 1909 in Schöppingen) auf dem Gelände seiner Tochter Simone Niehoff (geb. Dietrich) wieder aufgefunden. Die Gemälde, in ihrer Vielfalt bis heute unbekannt, geben Zeugnis vom fruchtbaren Schaffen eines wandlungsfähigen Malers, dessen fruchtbarste Periode untrennbar mit der Zeit seines Lebens zusammenfiel. So galten Dietrichs Bilder aus den Jahren 1921–69 von Fachleuten seit langem als verschollen und wurden vorgestern, über 30 Jahre nach ihrer Entstehung, mit allerneuster Lasertechnik und Hilfe der Kreissparkasse Borken aufwendigst instandgesetzt. Es gelang, die meisten der über 30 farbenfrohen Bilder zu retten und mit der großzügigen Unterstützung der Rahmenhandlung RAHMEN KNEGGL aus Ahaus erneut zu rahmen, so dass sie jetzt erstmalig einer breiteren Öffentlichkeit wieder zugänglich gemacht werden können.

Dietrich, der 1909 als Sohn des Schweinezüchters Rudolf Dietrich und Tochter seiner Mutter Angelika (geb. Rochl) zur Welt kam, beschäftigte sich in seinem Werk immer wieder mit Mensch, Tier und Umland. Oftmals verließ der junge Maler, der auf Drängen seiner Eltern ein Ingenieursstudium in Münster aufnahm und nach dem 3. Semester abbrach, seine Staffelei, die er sich noch als Student selbst konstruiert hatte, und ging hinaus in die Natur. Die Konstruktion von Holzgeräten und Hängegärten stellen eine weitere Leidenschaft im facettenreichen Leben des R. Dietrich dar, aber auch Holzgeschränk sowie spezielle Spezialfäden, von denen sich nur noch wenige im Besitz seiner Familie befinden dürften, entstanden in dieser Zeit. R. Dietrich, den es bereits mit 16 Jahren in die Malerei, vom Hofe seiner Eltern nach Schöppingen, Münster, München und, nach seiner Heirat mit der Schöppinger Wirtstochter Gudrun Gau 1931, schließlich nach Paris zog, verstarb dort 1969 an einer seltenen Hautkrankheit.

„Seine frühen Bilder der Windmühlen, wie es sie im Kreis Borken nie gegeben hat, lassen an die Entwürfe eines etwa Michelangelo denken."
(Kreiszeitung Borken)

„Er war ein Visionär."
(Münsterländer Zeitung)

WIE ICH VERSUCHTE
EINE KLEIDERMOTTE MIT DEN WELLEN
VON VIRGINIA WOOLF ZU ERSCHLAGEN

Heute versuchte ich eine Kleidermotte mit den Wellen von Virginia Woolf zu erschlagen. Erschöpft vom vielen Dichten saß ich in der Badewanne, **ich liebe, sagte Susan, und ich hasse. Ich verlange nur nach einem. Meine Augen sind hart.** Da sah ich die Kleidermotte. Sie saß geräuschlos und flach an der Badezimmerdecke. Ich erhob mich sofort aus dem Wasser. **Ich sehe den Käfer, sagte Susan.** Diese Motte, dachte ich, sie hat mich schon die ganze Zeit beobachtet, wie ich hier mit bloßem Fleisch in der Badewanne liege. **Ich sehe den Käfer, sagte Susan, er ist schwarz, das sehe ich, er ist grün, das sehe ich, einzelne Wörter binden mich fest, aber du gehst weg,** wie ich da mit meinem weißen Fleisch in der Badewanne liege, dachte ich, **du stiehlst dich davon,** weißes Fleisch, hat sich die Motte im Herunterschauen die ganze Zeit schon gedacht, na warte, dachte ich, **du steigst empor, immer höher, mit Wörtern und Wörtern in Sätzen.** Ich stellte mich auf den Rand der Badewanne und schlug mit den Wellen von Virginia Woolf nach oben. Die Motte flatterte dümmlich, ich sah ihr Flattern, dann war sie weg. Ich setzte mich zurück in die Badewanne. Aus dem Zimmer der Bairin ertönten ebenfalls Schläge. Die Bairin stöhnte. Dann hörte ich sie fluchen, und ein gewaltiger Schlag krachte zu Boden. Ja, benutzt sie jetzt ihren Schrank, um die Spinnen zu erschlagen, dachte ich, die Spinnen quasi totzustellen mit ihrem schweren Möbel. Sie hat doch genug Bücher. **Jetzt verlierst du dich, sagte Susan, indem du Sätze bildest. Jetzt steigst du empor wie die Schnur eines Luftballons, höher und höher, durch die Blätterschichten, außer Reichweite.** Die Kleidermotte setzte sich zurück an die Badezimmerdecke. Diese grünlich schimmernden Flügel, dachte ich und umklammerte die Wellen von Virginia Woolf, sind von einer widerlichen Länge. Ich erhob mich aus dem Wasser. Tagelang ist sie in den Falten unserer Handtücher gesessen, dachte ich, dünn, durchsichtig und ohne Geräusch hat sie sich tagelang in unsere feuchten Handtücher hineingefressen. Diese Motte, dachte ich und stellte mich tropfend auf den Rand der Badewanne, ich werde sie töten. Ich hielt die Wellen von Virginia Woolf so still und flach wie möglich unter das Tier, das so tat, als würde es von nichts ahnen. Dann drückte ich zu. Man muss sich konzentrieren, dachte ich. Man kann jemanden nicht einfach wie nebenbei töten. Das ist wie mit der Literatur, dachte ich und schaute auf den plattgedrückten Insektenkörper, der auf der Rückseite der leicht zerfledderten Wellen von Virginia Woolf klebte. Die hohe Musikalität der woolfschen Prosa kommt nun erst vollständig zum Tragen. Es hatte der Motte die langen Beine in alle Richtungen zerrupft. Ich setzte mich zurück in die Badewanne. FLOTTE MOTTE reimte ich und plätscherte ein wenig, denn ich bin eine große Dichterin. Aus dem Zimmer der Bairin drangen immer noch diese fürchterlichen Schläge, durchbrochen nur von verzweifelten Schreien VON HINNEN, IHR SPIN-NEN hörte ich die Bairin rufen, denn sie ist ebenfalls eine große Dichterin.

SCHAF

Und Gott schuf das Schaf,
es stand unbeteiligt daneben.

Und rupfte
ein bis zwei Büschel von dem Gras,
das
unter ihm angebracht war.

"Sitz!", rief Gott, und das Schaf sprang zur Seite.
(Wie es sich fürchtete!)

Es stand da in seinem Kleid
weich und scheu und doch
robust, als trüge es die Aufschrift NUTZTIER
auf seiner Wolle, die um seinen mageren
Standkörper wucherte als wie ein Geschwür.

DAS UNBRAUCHBARE KAMMERL

Jetzt sitzt mein Vermieter vor meinem Fenster auf der Bank im Garten, sitzt da einen halben Meter von meinem Schreibtisch entfernt unterm Wagenrad und raucht. Sperrangelweit ist mein Fenster geöffnet. Und da sitzt mein Vermieter, liest Motorradfachzeitschriften und raucht mir ins Kammerl hinein, in dem ich heut mein großes Werk Weltliteratur erschaffen wollt. Ganz aufrecht sitzt er auf der Bank wie ein seltener Vogel. Ab und zu betrete ich mein unnutzbar gewordenes Zimmer, um zu gucken, ob er immer noch, ja, immer noch, so kann ich nicht an meinen Tisch, und Aufsbettliegen ist auch nicht drin. Und im großen, anstrengenden Schaffensprozess vom großen Stück Weltliteratur muss ich mich oft aufs Bett werfen, um dort zu kontemplieren oder mich in Höllenqualen zu wälzen. Ich warte fünf Minuten in der Küche und betrete die Kammer wieder in der Hoffnung, dass er jetzt vielleicht weg, vielleicht nach oben, so ein bisschen fernschauen, aber nein. Immer wieder betrete ich mein Zimmer, kleine Vormich-hin-Flüche und Anfeuerungsrufe tätigend, und dann merk ich, er sitzt da noch, kaum einen Meter entfernt, aufrecht als Säulentier auf der Bank, über ihm das Wagenrad schwebend, und leise murmelnd verlasse ich die unbrauchbar gewordene Kammer. Ich kruschtel nach meinen Händen und tu so, als würd ich was holen, greif irgendwas und trage es sinnvoll und unauffällig hinaus in die Küche oder ins Bad, wo ich mich dann eine Weile aufhalte, bis ich denke, na jetzt, jetzt wird er wohl, und zurückkehre in die Kammer, vor deren einzigem, sperrangelweit geöffnetem Fenster er immer noch sitzt, dünn und ohne sich zu bewegen. Er tut so, als wär das alles ganz locker und natürlich, als würd er gar nicht bemerken, wie ich da immer wieder murmelnd und aufgelöst in meine Kammer hineinstürze. Der Abend ist lau. In Küche und Bad haben sich schon eine ganze Menge Dinge angehäuft. Er wird die ganze Nacht hindurch dort sitzen, den Mond im Bart und auf der Motorradfachzeitschrift, und ich werde nicht schlafen können. Von der Weltliteratur ganz zu schweigen. Ich könnte mir höchstens ein Bier greifen und mich ebenfalls raussetzen zu ihm, mich gesellig dazuhocken und ab und zu von außen auf meinen Tisch starren. Voller Sehnsucht nach Einsamkeit, Ruhe und Konzentration – kurzum: Weltliteratur. Jetzt läuft er um das Haus herum, voller Hoffnung verfolge ich seine Schritte. Er verschwindet nach oben, aber womöglich, denke ich, holt er sich bloß eine neue Motorradzeitschrift. Oder die ADAC-Mitgliederzeitschrift, die er auch noch nicht ganz.

WIE ICH EINMAL NICHT
ÜBERFAHREN WORDEN BIN

Heute hielt ein rotes Auto neben mir, als ich erschöpft vom vielen Dichten am Rande der Frankfurter Straße stand. He, Sie, sagte die Frau am Steuer, ich hätte Sie gerade beinahe überfahren. Sagen Sie mal, sagte die Frau am Steuer und beugte sich über ihren Beifahrer in Richtung heruntergekurbelte Scheibe, haben Sie das eben nicht bemerkt, dass ich Sie beinahe überfahren habe!

Gedankenverloren starrte ich auf das Auto, das doch einen halben Meter von mir weg stand, wie sollte es mich da überfahren.

Ich hätte Sie, insistierte die Frau und beugte sich noch weiter zu mir, noch weiter in Richtung heruntergekurbelte Scheibe, bis sie wie eine kleine, aber ziemlich schwere und irgendwie schwarze Wolke über ihrem Beifahrer hing, beinahe überfahren. Ja, sagte ich, die Frau am Steuer beugte sich noch weiter über ihren Beifahrer und starrte mich an, als habe sie schon seit Jahren darauf gewartet, mir etwas Wichtiges mitzuteilen, und nütze nun die Gunst der Stunde: Ist Ihnen das überhaupt BEWUSST, dass ich Sie beinahe überfahren hätte!

Langsam nahm sie die Farbe ihres Autos an, sie versuchte sich noch weiter in Richtung heruntergekurbelte Scheibe zu lehnen, doch ihr Oberkörper war zu kurz, der Beifahrer stöhnte. Das ist aber nett von

Ihnen, dass Sie mich nicht überfahren haben, sagte ich schließlich und wandte mich ab.

Ist Ihnen das ÜBERHAUPT BEWUSST, dass ich Sie eben fast überfahren habe! hakte die Frau erneut.

Ja, wie, dachte ich mir, wie willst du mich überfahren oder überfahren haben, wenn du einen halben Meter neben mir stehst mit deinem blöden Auto. Laut aber sagte ich: Da habe ich aber nochmal Glück gehabt.

Das war allerdings geheuchelt, denn die Vorstellung, überfahren zu werden oder gar bereits überfahren worden zu sein, empfand ich, nun völlig erschöpft am Rande der Frankfurter Straße stehend, als gar nicht so unangenehm, aber diese Lehrer, diese Christen, dachte ich.

DIE GROSSE FREIHEIT ZUM KLEINEN PREIS

Vor dem PLUS roch heute ein Käufer begeistert und vielfach an einem großen Ring Schinkenwurst. Der Ring glänzte orange und auch ein bisschen feucht. Er befand sich prall eingeschweißt in einer Plastikhülle, durch die der Käufer immer wieder hindurchroch. Er hob den glänzenden Ring in die Höhe – hoch am gestreckten Arm, an dem in Richtung Boden ein verbeulter Trainingsanzugskörper befestigt war. Doch oben im Himmel leuchtete der strahlende Wurstkranz wie Lorbeer und Gold. Leni Riefenstahl. Triumph der Schinkenwurst.

So wühlt sich der Anwohner immer wieder einen Gewinn aus dem PLUS. Einmal trägt er eine alte Salami mit der Aufschrift „Gourmet" nach Hause, ein andermal erfreut er sich beim stundenlangen Wühlen in den Sonderwaren. Die PLUS-Sonderwaren sind immer bunt und fröhlich. Meist große, bunte Zelte für acht Personen oder große, bunte Schirme für zwei. Gartenlampen, Liegestühle, Reisekoffer. Große, stabile Kerzen, die man sich in den Hinterhof rammen kann. Hat man erst ein großes, buntes Gartenzelt für acht Personen im Schrank, kommt der Garten wie von allein dazu, legt sich drunter und bleibt liegen, vielleicht kommen ja auch die acht Personen noch vorbei. Und dann hat man jede Menge Spaß.

Auch ich trug neulich ein großes, buntes Schlauchboot aus den Toren des PLUS. Den ganzen Tag war ich fröhlich und roch immer wieder daran. Es war November. Der Geruch des türkisfarbenen Gummis schoss mich ins höchste Glück. Immer wieder las ich die Aufschrift TIGER ROYAL und fühlte mich gut. So ging es auch dem Mann, der den eben erstandenen Schinkenwurstkranz emporhielt, hinauf in den grauen Berliner Abendhimmel, der zwischen den Mietskasernen aufgehängt ist wie so ein Lappen. Dieser Mann stand jetzt unter dem Lappen und fühlte sich gut.

Diese Woche gibt es zum Beispiel den PLUS-Drachen-Spaß aus strapazierfähigem Polyester: Lenkmatte, Lenkdrachen, Lenkflugzeug. Oder eine Gartenbag, Fassungsvermögen 120 Liter, zusammenfaltbar und selbststehend, mit 2 Tragegriffen. Glücksbringend scheint auch die Anti-Stress-Einlage aus der Weltraumforschung. Sie bietet permanente Abschirmung von elektrischen Störfeldern, statischen Aufladungen, aber auch Erdstrahlung.

Ab 7.2. jedoch, und das ist bereits nächste Woche, zwingt PLUS den hiesigen Anwohner komplett in die Knie: Er bietet die große Freiheit zum kleinen Preis. Den PLUS-Wohnwagen mit Schlafraum, sicheren Kinderbetten und TV-Schrank. Dieses Angebot ist bis zum 16.3. gültig. Bis dahin muss jeder Anwohner 12 975 Euro beisammen haben, damit er 2259 Euro sparen kann. Wohnwagen SÜDWIND inklusive 90-Liter-Kühlschrank, Warmluftanlage und Küchenauszug, ich sehe ihn schon mehrfach den Gehweg entlang stehen. Ein Hauch spanischer Campingplatz in einer von feuchten Altbauten gesäumten Straße in Kreuzberg. Stolze, weiße Wagen mit wehendem Haar, die Insektenschutztüren repräsentativ nach Mekka oder Florida ausgerichtet. Ein PLUS-Bollwerk gegen die drohende Dunkelheit des Berliner Winters. Frühzeitig sollte ich mich nach den aktuellen Konditionen zur Finanzierung meines PLUS-Wohnwagens erkundigen. Ein Auto brauche ich nicht, der Campingplatz ist direkt vor der Tür.

WIR GRATULIEREN ZUM KAUF

In jedem sogenannten Wohnfach kann sich ein Vogel mit seiner Maulsperre herauswachsen lassen und dort verdingen. Der RUNTERSCHLUCKO hat ein bewegliches Auge und mehrere Stülp- und Stützwinkel. Aktiviere den Runterschlucko, sobald einer der Klöße, die, wenn sie nicht durchkreuzt, also mundtot gemacht werden, tödlich sein können, in seine Pack- und Stülplippen gerät. Dazu muss das Auge des Runterschluckos in die richtige Höhe geklickt werden. Mit den Worten „augschau" bzw. „augenschluck" sowie einem kleinen Würglaut wird – sollte das Auge unbehindert durch den Hals des Runterschluckos gerutscht sein und ihn damit geblendet und in vielen seiner sonstigen Funktionen beschränkt haben – der jeweilige Stand und die Bewegungs- und Rollrichtung des Auges angezeigt. Verschluckt der Runterschlucko zu viele Augen (Limit 2) tönen als Zeichen seiner 7sekündigen Verrottung die in seinem Magen in natürlicher Zersetzung befindlichen Augzerfalls- und Schmatzgeräusche hervor. Der noch im Spiel befindliche Apfel kann mit der ?-Taste gerollt werden (SPLIT).

Der Grad des Packschnabels ist je nach Größe und Form des herannahenden und unbedingt zu schluckenden Kloßes variabel.

Mit den Tasten Pfeilhoch und Pfeilrunter, die Sie gleichzeitig drücken, erweitert sich die Packkapazität, schließen Sie den Schnabel zu schnell, kann es passieren, dass der Kloß zerquetscht wird und als Kloßparti-kel zurück in den Raum fällt, wo sich aus jedem Kloß-partikel ein erneuter Feindkloß zusammensetzt.

Die im Wohnfach sich verdingenden Runterschlucko-vögel haben jeweils 32 Leben, die Anzahl der Klöße ist unbegrenzt, da sie siehe oben sich teilen (QUETSCH) und neubilden können. Neuformierte Klöße tauchen auch bei erhöhtem Schwierigkeitsgrad als Kloßfor-mation auf. Die Durchkreuzung der Klöße im Raum, ehe sie die Wohnfächer erreicht haben, ist mit den Tasten X und I möglich. Werden die Klöße allerdings verfehlt, entstehen sogenannte Superklöße, die nur noch durch Ausreden beseitigt werden können. Un-ter der Funktionstaste % findest Du die Anweisung BIEGE DIR AUSREDEN ZURECHT. Hierzu siehe die Palette mit dem Hilfswerkzeug LÜGEN AUSFLÜCHTE AMOKLÄUFE. So können auch Superknödel im Raum durchkreuzt und von ihrem Flug in die Wohnfächer und ihrem Eindringen in die dort verdingten Vögel abgehalten werden. Ein Superknödel kann nur gleich-zeitig mit einem Auge heruntergeschluckt werden, spiele so lange, bis der ganze Teig in einem Totalknö-del geschlossen ist (SUPERGUGLHUPF).

GABI

Die Spinnen haben sich wieder schnell durch die Wohnung genäht. Gestern noch gesaugt und heute schon wieder alles vollgestrickt. Das Rudel, welches ich gestern mit dem Sauger eingesaugt habe, muss über Nacht wieder aus dem Sauger entstiegen sein und sich, während ich schluf, als stille Arbeitsgruppe durch die gesamte Wohnung verteilt haben. Leise klöppelt es in allen Ecken. Ich ergreife den Turbo XL 120 Compact. Am Boden kniet eine Spinne mit leuchtenden Augen. Ihre Beine sind kräftig, weil gut durchtrainiert. Es ist Gabi. Ich werfe den Sauger an. Gabi schlägt einen Haken, dann geht sie die Wand hoch. Ich mit dem Sauger hinterher. Eine Weile hängen wir bewegungslos an der Decke. Die Haare auf dem Bein der Spinne sind lang und hängen hippiemäßig nach unten. Auf dem Kopf hat sie einen Zopf. Ganz schön crazy! Ich finde das ganz schön mutig, so wie du aussiehst, sage ich. Dann sauge ich los. Ihre Haare wehen jetzt im Wind. Einen Moment, der wie ewig scheint, bleibt sie stehen, bietet dem Tod Paroli mit einem kühnen, unvergesslichen Blick, dann wirft sie sich kopfüber in den Sauger. Hollywood steht Schlange. Während Gabi durch die Röhre in den Beutel fliegt, bekommt sie einige attraktive Angebote als Darstellerin im Bereich Actionfilm, die sie nicht ablehnen kann, weil sie kann im Moment nicht sprechen, und das ist gut so.

Denn SPRECHEN ist schlimmer als STECHEN. Die Stimmen der Spinnen sind ein wenig belegt, dunkel und haarig. Manche haben auch sechs Stimmen. Während du dasitzt und arbeitest, hängen sie nuschelnd an der Wand, die Arschlöcher unter ihnen rufen sich Sachen zu. Näherst du dich mit dem Sauger, wollen sie die Sache mit einem Gespräch klären. Sind es Nuschelspinnen, verstehst du kein Wort. Dritte kommen hinzu und wollen schlichten. Sie setzen sich Brillen auf, entwerfen Pläne, starren dich an und texten dich zu. Am Morgen setzt sich eine langhaarige Spinne zu dir an den Tisch. Du trinkst Kaffee und willst deine Ruhe – sie trägt eine sechseckige, grüne Brille. Es ist Gabi. Gabi mit ihrem frischgewaschenen, leicht stinkenden Haar. Sie plant mehrere Filmprojekte. Ob ich nicht auch mal ein Drehbuch? Gabi erzählt mir, dass sie von sich selbst findet, dass sie ein bisschen spinnt, weil sie so viele verrückte Ideen hat. Immer wieder wirft sie ihren Zopf nach hinten. Sie findet auch, dass ich auch ein bisschen spinne. Aber ich spinne nicht. Ich spinne nicht, weil ich nicht spinne.

BEVOR DER EURO EINGEFÜHRT WURDE

Wenn man nicht sprechen will, kauft man seine Zigaretten beim Händler auf der linken Straßenseite, will man wissen, wie das Wetter gerade so ist, beim Händler auf der rechten Straßenseite, der eigentlich keinen Zigarettenhandel, sondern eine Wetterstation betreibt beziehungsweise einen Zigarettenhandel mit integrierter Wetterstation.

Heute regnet es, und ich kaufe auf der linken Straßenseite, wo mir der braungebrannte, runzlig hagere Händler die Packung stumm auf die Theke legt. Er sagt weder HALLO noch HALLI noch weist er mich darauf hin, dass ich nass bin, weil es regnet, weil: er redet nicht. Seine Aufgabe ist es, braungebrannt, runzlig und hager hinter der Theke zu stehen, auf der ich mit meiner großen Brille das Rausgeld suche und auf die er, bevor der Euro eingeführt wurde, ein 50-Pfennig-Stück geklebt hat.

Bevor der Euro eingeführt wurde, muss dieser Mann ein Spaßvogel gewesen sein, vielleicht ist er es heute noch und geht nach Dienstschluss in seinen Keller, um dort fünfzehn Minuten zu lachen. Jetzt steht er reglos hinter der Theke, über die ich mich mit meinen zwei vorgeschnallten Lupen bücke, während mein Wollfäustling immer wieder über das 50-Pfennig-Stück schabt, und beobachtet meine kleine, etwas behinderte Bewegung, in die ich gefallen bin, und die ich immer wieder zu wiederholen scheine. Mit meiner riesigen Brille über das Glas gebückt, mit meinem Wollfäustling an der Attrappe schabend.

Oft sehe ich ihn vor mir, wie er auf Mallorca am Strand liegt, umringt von elastischen Senioren, auf die er 50-Pfennig-Stücke geklebt hat und auf denen seine Blicke ruhen und schweigen. So wie jetzt hier / auf mir / auf meiner Hand, die wieder und wieder über die Theke schabt, bis ich das 50-Pfennig-Stück 50 Pfennig sein lasse. Die Reparatur des Wollhandschuhs wird teuer genug. Außerdem haben wir jetzt eh Euro.

Auf der Straße werden Gegenstände an Perlonschnüren außer Reichweite gezogen. Immer wieder kniet man vor einem sich entfernenden Geldbeutel. Alles ist flach, die Welt ein großer Teller, eventuell ein schöner großer Teller, eventuell mit schönen großen Blumen, aber bückt man sich in eine dieser Blumen hinein oder greift nach den eventuell schönen großen Stengeln, die da eventuell schön und groß herauszuwachsen scheinen, schon werden sie fortgezogen. Alles an Schnüren. Die Busse auch. Der Schuber ist aus Karton, damit er nicht aus Plastik ist. SIND WIR DENN HIER IN FADEN-FADEN?! Eine Flasche Bier entfernt sich von meiner Hand. Irgendwas oder -wer zieht rüber gen Süden. Ich bleibe, wo ich bin, und lege mich hin. Die dunkle Jahreszeit ist nicht die Zeit, zu der wir aktiv und munter sind. Solidarität mit der Schlafforschung. Nahtlos schließt sich ein Tag an den andern. Es ist und bleibt dunkel. Kameraden werden zu Vorgesetzten. Zwölfjährige tragen heute wieder Mützen, in einem Alter, in dem man früher keine

Mützen getragen hat. Sie tragen Mützen und baggern alles an: Hunde Katzen Mäuse, alles, was eben aussieht wie Frau. Sie benutzen dazu für sie neue, für uns alltägliche Worte wie FOTZE KACKE und / oder GEIL. Auch Kombinationen wie GEILE FOTZE GEILE KACKE oder GEIL GEIL lösen in ihnen eine geheimnisvolle Freude aus. Die Gruppe kichert und drückt sich zur Seite weg. Ah, da noch eine Maus! GEILE FOTZE. Große Freude. Ich wünschte, auch ich könnte mit so wenigen Worten eine so große Freude entwickeln. Im Wald machen die Rehe Kapriolen. Ich trete zu einem Fünfjährigen und sage GEILE KACKE. Er freut sich. WILLST DU FICKEN sagt er, ich weiß nicht so recht, zu spät, aus dem kleinen Menschen zischelt es einige Worte, die ich hier nicht wiederholen will, dann drückt sich etwas in großer Freude in den Hauseingang zurück. Aus dem Kinderhort ertönen Schreie. SERAFIN, KRYSTALLIN, JANICKA, OTTOKAR, STELLA, IBIZA, SAMOA! ESSEN! Ich habe auch Hunger und weiß, Kinder können nichts dafür. Es sind ja nicht die Kinder, es sind die Namen, die ihnen von den Eltern gegeben worden sind, und die Eltern, die ihnen gegeben worden sind, und die Eltern, die ihnen diese Namen gegeben haben, und natürlich die Namen selbst UND an oberster Stelle die Erzieherin, die diese Namen mit ihrer Erzieherinnenstimme auch noch ruft: IBIZA, SAMOA, PUMUCKL! ESSEN! Ich habe auch Hunger, aber niemand ruft. WENN IHR NICHT REINKOMMT, DANN DÜRFT IHR NACHHER NICHT, JADEN GIL, KOMMST DU JETZT SOFORT! Erziehung Verdauung Ernährung. Meine Kinder werden ASPIRIN heißen. ASPIRIN und / oder PARACETA-MOL. Ab in die Küche! Es sind kleine Kinderköche oder Kochkinder. Sie nehmen nicht viel Platz weg und können gut kochen. Manchmal tanzen sie mir was vor. Das ist schön synchron. Wenn sie müde sind, setzen sie sich still in die Ecken und träumen ein bisschen mit großen immeroffenen Augen, aus denen die Tränen still und groß rauslaufen. PARACETAMOL springt über eine Wiese. ASPIRIN sitzt irgendwo im Schatten. PARACETAMOL greift sich ein Bier aus dem Kasten. ASPIRIN holt nochmal Zigaretten. Alles gut. Man trinkt den Kasten aus, dann schwimmt man ein bisschen im See. An den Einsprungstellen, die klein und rund sind, wird das Wasser ein wenig weiß und sprudelt.

pen wollte, fing an mit ihm zu diskutieren. Dann tauschten sie ihre Meinungen aus, zogen ihre Mäntel an und gingen. Ich blieb einsam zurück.

Ich starrte auf meine krummen Finger, die das Bier hielten, und dachte mir PFUI BERLIN PFUI denn es war schon vier und das Lokal hatte noch immer geöffnet, noch schlimmer, es schien immer weiter aufzumachen und gar nicht mehr zu schließen. Menschen saßen an Tischen, knabberten Nüsschen und tranken Bier. Alte Ostschlager durchpulsten den Raum. Ich gedachte einer Freundin, die an einem Pfosten im Schulhof Strafe stehen musste, weil sie den Fehler gemacht hatte, ohne einen Fahrschein Straßenbahn zu fahren. Berlin-Ost. Pfosten und Pfähle entlang des kompletten Schienennetzes, Zusatzbalken an abgeknickten Linienführungen. Pfosten auf dem Alexanderplatz. PFOSTEN PFOSTEN PFOSTEN dachte ich, irgendwoher erklang die Internationale, und es hätte mal wieder ein schöner freier Abend werden können, wenn nicht, und jetzt komme ich zum Hauptteil meiner Erzählung, ein kleiner, kräftiger Kerl aufgetaucht wäre.

Es taucht also, während ich nichts weiter will, als dasitzen und mir so einige Gedanken zum Schwarzfahrerstrafsystem zu machen, ein kleiner, kräftiger Kerl auf und reißt mir die krumme Hand vom Glas. Dann starrt er hinein. Dort, sagt er, diese fleischige Linie, sie verheißt, er umklammert meine Hand, ARM WIRST DU STERBEN, ARM!

Ich bestelle mir noch ein Bier und befestige meine Hände mal fürsorglich am Humpen. HUMPEN HUM-

PEN HUMPEN denke ich. Die Massenteilchenbewegung, sagt er, und ich sehe, dass auch er eine Mütze trägt, spürst du sie nicht, diese Schwingungen? Spürst du sie nicht? Jetzt beugt er sich vor. Ja, spürst du denn gar nichts! Er versucht mir in die Augen zu schauen. Ob ich denn gar nichts spüre, nichts! Er beugt sich noch näher. Ob ich denn überhaupt keine emotionale Intelligenz besitzen würde! Dann beugt er sich zu mir als Frau und erzählt mir aus seinem Leben. Er will mir als Frau sein Leben und damit sein Wesen nahebringen, weil Frauen mögen Nähe. Und Näharbeiten.

Seine Freundin, sie habe ihn immer so gereizt. Da habe er sie gewürgt, so lange, bis sie gekackt habe. Ich will es gar nicht wissen. Doch die Massenteilchenbewegung will es, die Schwingungen, und vor allem der natürliche Aggressionsabbau, von dem er jetzt spricht, weil gern erklärt man sich die Welt irgendwie zusammen, wenn man ein Arschloch ist. So mache ich es ja auch. Habe ich meine Freundin schon mal gewürgt, überlege ich. Habe ich eigentlich schon gekackt?

Er habe, so setzt er fort, mehrere Monate ein schlechtes Gewissen gehabt. Damit will er mir darstellen, wie sympathisch er eigentlich ist. Harte Schale, weicher Kern. Ein eher nachdenklicher, sensibler Typ. Und jetzt habe er sich einen Schutzkasten vorgeschnallt, dabei macht er eine Handbewegung. Ich löse mich von meinem Humpen und erhebe mich, auf der Suche nach einer Tür, aus der heraus ich das Lokal zu verlassen plane. Wenn sich jemand einen Schutzkasten vorgeschnallt hat, dann Obacht! Wer hilft, macht falsch!

Zuhause würge ich die Haustiere, bis sie kacken, dann lege ich mich auf die Schlafcouch. Meine Freundin, die mit dem Biogras dealt, ist noch nicht zurückgekehrt. Wir hätten uns vielleicht noch ein bisschen gegenseitig gewürgt und den schönen Teppichboden zugekackt. Aber leider wird das heute Abend nichts mehr.

GEHEN NICHT GEHEN

Seit fünf Monaten habe ich kein Papier mehr beschriftet, seit fünf Monaten sitze ich hier, mit gespitzten Stiften, frischen Tintenrollern und mehreren strategisch über den Tisch verteilten Papierhaufen, fünf Monate zwischen Haufen Papier, fünf Monate lang auf die Frage, was machst du, keine Antwort gewusst, was machst du, ich sitze da und kann nichts schreiben, sage ich, aber was machst du dann so, wenn du nichts schreibst, ich versuche, Papier zu beschriften, sage ich, ich sitze da und denke, sitze da und sammle, sitze und sammle, und je mehr ich sammle, einzelne Sätze, Worte, Zitate, desto weniger gelingt mir, es will mir nicht gelingen, auch wenn ich noch so intensiv sitze, monatelang sitze, sitze und spitze, sitze, spitze, mit meinem Kaffee umherspritze, aus der strengen Vorgabe, die mir jeder gesammelte Satz, jedes gesammelte Wort vorgibt DIE SPRACHE aus dem Chaos, das all diese zu Recht gesammelten Sätze, Worte, Zitate bilden oder nicht bilden, wieder herauszukommen, in irgendwas hinein, was mein eigener Gedanke ist, ein eigener Gedanke, der nicht zu denken ist JETZT HIER / hinter diesem Haufen voll leerem Papier / sitzend.

Ich würde auch gern mal fünf Monate lang nichts machen, sagt meine Freundin zu mir, fünf Monate lang nichts machen, das wäre ABER sie nimmt ihr Telefon ab BEI MIR sagt sie IST DAS ANDERS ständig läutet mein Telefon, ständig muss ich dieses und jenes.

Dann kam Witold. Er war nur einen Furz entfernt. Ich schloss ihn nicht in meine Arme, er war verschwitzt, schrie, deutete, grinste, furzte, lief und irrte, lief und irrte, nahm einen Teebeutel, hängte ihn an einen Ast, baumelte, taumelte und fürchterlich! Ich holte wie parallel einen Beutel aus meiner Jacke, spuckte drauf, hing ihn in die Tasse, schaute hinüber auf die andere Seite und war frei. Witold, sagte ich, ho! Du alter Schlapperschrot! Du Zacksaudel!

PFUSCHLGLUBB rief ich und setzte mich hinaus, setzte mich in ein Café, setzte mich von einem Tisch an den andern, von meinem Papierhaufentisch, meinem Reih-und-Glied-Anordnungstisch, durch den sich spitz die Stifte bohrten (bis hinunter in meine Knie!), an einen runden, weißen Tisch, einen Kaffeehaustisch, an dem schlürfend Mutter, Kind und Dame saßen, eine Dame, die sehr groß war, eine wunderschöne große Dame in einem wunderschönen großen Kleid. Da trat noch ein völlig ruiniert scheinender, nicht sehr großgewachsener Herr zu uns an den Tisch, in einem schwarzen Anzug, ja, er näherte sich mit einem etwas weichen Schritt, so, als habe er etwas Käse unter den Sohlen.

Immer wieder sei er erstaunt, sagte der völlig ruinierte kleine Herr, wie viele hochgewachsene, kluge, gebildete Damen in diesem seinem Bezirk lebten, wohin er auch gehe, träfe er immer wieder auf diese hochgewachsenen, schlanken Damen in ihren hochhackigen Schuhen, er wisse auch nicht wieso / aber egal wo / er auch hingehe, immer träfe er auf diese Frauen, die ihn völlig ruinierten. Sie ruinierten ihn durch ihre Jugend, denn so lange und ausdauernd müsse er mit ihnen die ganze Nacht hindurch trinken, und sie ruinierten ihn durch ihre hochhackigen Schuhe, die ihn völlig ruinierten, und sie ruinierten ihn durch ihre allübergreifende Bildung, auf Grund derer er die ganze Nacht nicht nur trinken, sondern anstrengende, wohl interessante, aber auch überaus anstrengende, ihn völlig ruinierende Gespräche über Literatur führen müsse.

In diesem seinem Bezirk lebten derart viele dieser hochhackigen Frauen, mindestens fünf Prozent der Bevölkerung müssten Models sein, Models oder, vermute er, zumindest Ex-Models, es sei schon sehr anstrengend für ihn. Er trug einen schwarzen Anzug, frisch gebürstet, auch sein Haar, das müde und flach auf seinem völlig ruinierten Kopf lag, schlafend, war gebürstet, er habe die ganze Nacht von einem Lokal ins andre wechseln müssen, nun sei er völlig ruiniert, und er setzte sich priestergleich, seine Augen mit einer getönten Brille vor dem Tageslicht schützend.

Unter all diesen Models, seufzte der völlig ruinierte Mann, verehre er eines besonders. Seit Monaten verehre er sie schon. Ab und zu habe er sie auf der Straße des Bezirks gehen sehen, wie sie die Straße abschritt, mit ihren hohen Schuhen, und ab und zu in die Kneipe des Bezirks, auf ihren immer höher werdenden Schuhen, als alles überragendes Wesen. Er habe unauffällig sie verehrt, heimlich, höchstens ein-, zweimal ihr zugenickt, als Gruß, nichts weiter, er habe sich nichts weiter anmerken lassen, seine Verehrung wäre eine diskret heimliche, völlig unauffällige gewesen, dennoch habe sie, womöglich nach einem solchen unauffälligen Zunicken seinerseits, ihn lauthals als den Mann begrüßt, der sie schon seit Monaten umschleiche.

Selbstverständlich wäre er sofort aufgestanden, auch wenn es ihm schleierhaft gewesen wäre, wieso sie ihn überhaupt anspräche und dann auch noch so, als würde sie ihn kennen, ja, es sei ihm schleierhaft, wie sie ihn überhaupt bemerkt habe, bemerken habe können, unter ihrem aus dem Kopf ragenden Fliederbusch hervor, ihrem Fliederbuschhut, ihrem Hütchen, ihren wippenden Gehängen / bei all ihren Auf- und Abgängen /

Er umschleiche sie seit Monaten, habe sie umschlichen, offensichtlich umschlichen. Dabei habe er gar nicht gemerkt, dass er sie umschlichen habe, dass er überhaupt schleiche. Schleichen sei eigentlich gar nicht seine Gangart. Nun gut, manchmal husche er, manchmal wisse er sich wendig, aber schleichen! Ein schleichendes Gehen! Ein Schleichen um ihre Person, ihre ein Meter neunzig hohe Gestalt herum! Er sah ruiniert aus, trug eine Sonnenbrille, sein Haar lag vom vielen Schleichen müde und glatt über seinem Kopf.

Gombrowicz, er kann, artikulierte die Frau, die neben dem kleinen, völlig ruinierten Mann aufragte, nicht erzählen, er konnte gut sprechen, vielleicht, ja, in einer Kneipe, einem Café, wenn man dasitzt, so wie wir jetzt, wenn man sich etwas erzählt, ja, vielleicht, es heißt, er war bekannt dafür, im Sprechen zu erzählen, sprechend zu erzählen, aber seine Texte, seine Prosa, nein, ich finde, er kann wirklich nicht ... Wie?! Er kann nicht! Du widerlich schwitzender Schluberscheißer! (sagte ich zu mir). Du Aufgabenbewältiger! (sagte ich zu mir). Du starrer Sack, der du denkst, die Welt in Ordnung bringen zu können, ja was!

Er kann nicht erzählen, formulierte die Frau, sie war in ein schwarzes Kleid gehüllt, ihr langer Giraffenkörper, ihre langen, eleganten Arme, ihre Gebildetheit, nein, er kann nicht, ja was! Was hast Du wollen, Du Wollknäul, Du Pobelfritz!

Ich fing eine Fliege und reichte sie lebend hinüber zu dem völlig ruinierten Mann, der sich im selben Moment umsah nach einer Art Kellner oder meinetwegen auch Kellnerin.

Nein, sagte die Frau, nein, erzählen kann er nicht. Seine Texte sind ... Sie stand auf und griff mit ihren eleganten Armen den dicken Säugling, der mit blähenden Augen dem Schreien nah war, griff ihn vom Schoß seiner an einem Strohhalm saugenden Mutter, legte ihn an ihr elegantes schwarzes Kleid, an ihre schlanke, in der Länge ihrer eleganten Figur verschwindenden Hüfte, die nur Hüfte wurde durch dieses Aufhüften des Proppensäuglings, und schritt mit ihren langen Beinen, mit ihren hochhackigen Schuhen den Gehweg entlang, vor den Cafétischen hin und her, als wär dies ein Laufsteg, gesägt aus der Natur, aus dem Naturtrottoir, dem Naturtrottel, dem selbstverständlich Schönen.

Ich starrte auf die leere Tischfläche, auf die dort niedergelegte Holzrassel, auf die am Strohhalm saugende Mutter, wie, er kann nicht? Was! Sie kam zurück, ihr Haar glänzte in einer toupierten, wohltoupierten Frisur, sie beugte sich, beugte sich rüber und setzte den ruhigen Säugling zurück auf den Schoß der Mutter. Ich weiß nicht, seine Erzählungen sind... Sie nahm die Holzrassel und der Säugling hatte gleich danach gegriffen und griff, seine Erzählungen... Der Säugling warf die Rassel zu Boden, buntes Holz, aber ich, sagte ich, ich bin frei AUF EINMAL nach Lektüre dieses Buches bin ich PLÖTZLICH verstehe ich alles AUF EINMAL den Tisch, die Rassel, die – ich fing eine Fliege – Fliege, und reichte sie dem Mann mit der Sonnenbrille, der ruiniert am Tisch saß im Schatten der hochaufragenden Dame, er drehte sich unauffällig, ob eine Kellnerin zufällig des Weges, eine Kellnerin oder vielleicht ein Model... Aber er kann nicht erzählen, sagte sie, der Säugling fing an zu wimmern, ein aufblubberndes Geräusch, der letzte Sauger der Mutter, sie stellte ihren Drink ab, hob den Säugling in den Wagen, die Rassel hinterher, aber nein, nein, seine Augen quollen heraus, braun und nass und rund, die schwarzgewandete Dame erhob sich, schon lag der Säugling wieder an ihrer Hüfte und wurde weich davongetragen, ihr Gang auf und ab, der kleine Mann mit der Sonnenbrille schwitzte, er versuchte eine Art Kellnerin zu stoppen, die mit einem leeren Tablett und einem Korsett an uns vorbeiwatschelte, eine bunte, eckige Brille im runden Gesicht, eine Cola, bitte, stöhnte er, Kaffee, rief ich, hinterher / Cola, bitte, groß, er / wir riefen nur ins Leere. Ein langer wandelnder Schatten mit ebenmäßiger Hüftbeulung warf sich über seine gemarterte Sitz- und Schwitzgestalt. Wie eine Karawane, die ruhig dem Wasser entgegenzieht, flanierte die hochgewachsene, er- und belesene Dame vor dem Café. Das Wasser war mal auf dieser, mal auf jener Seite. Wir am Tischchen jedoch starben vor Durst.

Der völlig ruinierte Mann streckte seinen kurzen, kräftigen Arm aus, und die mit ihrem gesamten Körper in ein Korsett gequetschte Kellnerin mit der bunten, eckigen, kleinglasigen Brille bollerte an unseren Tischrand: Du, würdest du, du kannst doch, bring mir, die Bestellungen holen, sagte die Kellnerin zum völlig ruinierten schwarzgekleideten Mann, der aufstand, klein und rund, und selbstverständlich dienerte, kein Problem, er ließ sich eine Liste Getränke aufsagen, Kaffee! rief ich, er verschwand (und er verschwand für längere Zeit im Inneren des Cafés), die Literaturwissenschaftlerin kehrte zurück, setzte den Säugling in den Wagen, er war still, jetzt aber stand die Mutter, stand auf, lachte und verabschiedete sich, zog noch einmal blubbernd am Strohhalm, kniff mich in die Wange, lachte, beugte sich glockenhell über den Wagen, schmiss Decken und Gurte auf das sitzende Kind, parkte den Wagen zurück, aus der Lücke zwischen den Stühlen, riss ihn herum, vor und zurück, und auf und – der Säugling fing an zu brüllen – davon, also Tschau! Sie schob von dannen, zog Leine, schob ihn davon.

Ich hasse Kinder, sagte die elegante Dame sich ein wenig ins Tischinnere beugend, ich kann Kinder nicht leiden, ich mache das nur für ... Wir sahen der Mutter hinterher, der latschenden und wegschiebenden Mutter, lauschten den Geräuschen des weinenden Kindes, ich mache das nur, formulierte die Dame mit klarer, raunender Stimme, weil wenn das Kind da ist, ist es da. WENN ES DA IST, IST ES DA. Aber eigentlich ... Der kleine Mann kehrte zurück, brachte Getränke für alle und weitere Getränke für den Nebentisch, die man ihm wohl am Tresen rasch noch mitgegeben hatte, kein Problem, er servierte einige Biere, stellte die Gläser auf den Tisch, an dem eine vietnamesische Familie saß, still und schlitzäugig einem Mann lauschend, der ihr Kind auf dem Schoß hielt, auf seinem nackten Knie, palavernd, den vietnamesischen Jungen auf dem behaarten Bein, der ruhig saß mit dunklen, (noch) kugligen Augen, mit glänzendem schwarzem Bubenhaar. Der ruinierte Mann servierte dort Biere in seinem schwarzen Anzug, dienerte, kellnerte, die Korsettwumme winkte ihn herum, winkte ihn mit seinem letzten Getränk, einem Kaffee (meinem Kaffee!) an einen anderen Tisch, rügte ihn, watschelte weiter, zurück zu Gombrowicz, sagte die Dame sich aus dem Tischinneren zurückziehend, mit ihren Armreifen klirrend, die um ihre schönen, eleganten Unterarme reiften und klimperten, ihre Unterarme, die sie wie Holzscheite, schöne, wohlgeschnitzte Holzscheite am Tischchen anlegte, die langfingrigen Hände an die Kaffeetasse legend, die der schwitzende ruinierte kleine Mann eben gebracht hatte, er kann nicht erzählen.

Ich griff nach dem Bier meines Nebenmanns, ich hatte als einzige kein Getränk bekommen, und meine Nerven hingen, ich wollte weinen, da platzte am Nebentisch KRIEG eine Bombe DAS IST DOCH DAS LETZTE unhaltbar, die Schreie des Mannes mit rotem, immer röter werdendem Gesicht aus seiner Handwerkerweste, aus seiner kurzen Hose heraus, rotgesichtig, brüllend, erregt ER HAT MIR AN DIE NASE GELANGT! DIESER VIETNAMESE WAGT ES, MIR AN DIE NASE ZU LANGEN, BIN ICH EIN SCHWULI ODER WAS, IST ER EIN SCHWULI? AN DIE NASE LANGEN, DAS IST DAS ALLERLETZTE! ER HAT MIR AN DIE NASE GELANGT! LANGT MIR AN DIE NASE! JETZT LANGT'S ABER! Wir sahen hinüber, auch die kleinwüchsige, kleinbrillige Korsettgestalt von Kellnerin rugelte hinüber, das Tablett vor sich wie eine Wurfscheibe, die ihr ein fremder Kämpfer in die Hand gedrückt, mit der sie aber nichts anzufangen wusste, die auf ihren dickfingrigen Fingern sofort zur Wurstscheibe wurde, die sie niemals werfen können würde werfen, das runde Tablett auf ihrer runden, dicken Hand, und diese Hand fast unmittelbar in ihren kugligen Körper übergehend, über den sich das Kleid geworfen hatte, verzweifelt, abrutschend, eine Pelle ohne Heimat, ein verzweifeltes Korsett.

ER HAT MIR AN DIE NASE GELANGT brüllte der Mann hemmungslos und so, als würde er, betrunken wie er war, den ganzen Tag jetzt weiterbrüllen, denn es war erst Mittag, nun soll man am Mittag kein Bier trinken, jawohl, aber zu unserer Entschuldigung darf ich sagen, es war nicht nur Mittag, es war Sonntag Mittag. NASENGRIFF! SCHWUL! VIETNAMESE! ICH BIN DEUTSCHER, UND DAS IST DAS ALLERLETZTE! JA, WAS! NASE! LANGEN! Die vietnamesische Familie in hellen, sauberen Ausgehemden saß unbeweglich stumm / um den ganzen Tisch herum. Wieso saß sie so? Routine? Oder verstanden sie die Worte des Mannes, die deutschen Brüllworte, gar nicht so genau und lächelten stumm sitzend, stumm nickend, führten hier ruhig ihre Schwuli-Schwuli-Nummer durch, routiniert, große, zu große Biergläser vor sich. Und ebenso stumm saß der kleine Junge auf dem schreienden Mann, der seinen angetrunkenen, zähen Handwerkerkörper auf dem Plastikstuhl ebenso unbewegt hielt wie seine unbewegte Hand, mit der er den kleinen vietnamesischen Jungen zart festhielt, zart lag die Hand über dem Schoß des kleinen, ruhig sitzenden Jungen, während der Mann brüllte FASST DER MIR EINFACH AN DIE NASE! AN DIE NASE FASSEN, DAS GEHT NICHT! BIN DOCH KEIN SCHWULI!
Um was geht's, fragte die Kellnerin, sie hatte eben die Schriften von Gombrowicz nicht gelesen, hätte sie die Schriften von Gombrowicz gelesen! Aber nein, sie fragte. Stand da und fragte. Ein gewaltsam zusammengepfropfter Bollen, fragend. Dastehend. Bollen. Käse.

Schau dich doch um (sagte ich zu mir), der du dir Aufgaben stellst! Auf der Suche nach einer Struktur, du Ordnungsfanatiker, du blöder Polizist, ohne jemals eine rechte Polizeiausbildung durchlaufen zu haben, du falscher Möchtegern-Polizist, ohne jemals ordentlich die Polizeischule besucht gehabt haben zu haben, du Schattenfurz! Du Zwerg! Nase! Quark! Bollen! Fliege! Ich griff in die Luft.

Ich bin vierzig, sagte die Dame an unserem Tisch, uns durch ihre geheimnisvoll gefärbte Stimme sofort wieder an sich fesselnd, ich hasse Kinder. Ich will nicht ER HAT MIR AN DIE NASE GEFASST jetzt gehe ich vielleicht noch einmal zur Schule, aber ich habe Angst, sagte die Dame, ich leide FASST DER MIR EINFACH AN DIE NASE, DAS IST DAS ALLERLETZTE!

Der schwarzgekleidete, völlig ruinierte Mann erhob sich, dienerte, grüßte, lüftete seinen Strohhut, den er nicht aufhatte, steppte einige Schritte, brach aber sofort stöhnend und völlig ruiniert ab, schlich einige Meter auf, einige ab, noch einmal an unserem Tisch vorbei, dabei grüßend, sich verabschiedend, aber unten mit den Beinen schon bereits schleichend, nun, ich schielte zum Nebentisch, der Mann beruhigte sich nicht! Wieso auch! NASE, SCHWULI, VIETNAM! rief der Mann, seine behaarten, rötlichen Beine ruhig haltend, wie gelähmt, ein ruhiger Stuhl für den kleinen Vietnamesenjungen mit dem runden Gesicht, dem schwarzglänzenden Bubenhaar VIETNAM schrie der besoffne Deutsche, schrie, als hätte man ihm ein Bein

abgenommen, ein Vietnamveteran, schreiend, austik-
kend, einen süßen Vietnamjungen auf dem Schoß,
zart haltend.

Nun, sagte die elegante Dame, er kann nicht erzählen, und er hat eine schwierige Geschichte, wir Polen
VIETNAM schrie der Mann NASE er war in Südame-
rika, als der Krieg ausbrach, 1939 AN DIE NASE GE-
LANGT in Argentinien, sagte die Dame, und ich verstehe das gut, ein Mann, wieso sollte er in einem Land
kämpfen, wieso sollten Polen, die nicht in Polen leben, nach Polen reisen und dort kämpfen, ich würde
das auch nicht tun, niemals, trotzdem HIER WIRD
NICHT GEBRÜLLT der Korsettbollen schob sich aus
der Lücke am Tisch nach hinten weg, entfernte sich,
mehr rollte sie, rollte immer schneller, immer schneller an unserem Tisch vorbei, nein, ich konnte sie nicht
mehr halten, so gerne hätte ich mir endlich einen kleinen Kaffee, erneut griff ich nach dem Bier meines Nebenmanns und trank, ich musste trinken, es war mir
nach trinken zumute.

Fünf Jahre lebe er schon in diesem Bezirk, sagte der
Veteran mit oder ohne Bein, nach sechs Stunden Tag
und acht Stunden Nacht immer noch am Tisch sitzend, verlassen von seinen vietnamesischen Freun-
den in den sauberen Hemden, den adretten Sonntags-
hemden, die ihren einzigen freien Tag hier in diesem
Café mit ihm, dem Veteranen, gemeinsam am Tisch
verbracht hatten, stumm und vielleicht glücklich,
jetzt schlafend über ihrem Laden, über ihrem Im-

biss, der wiederum gleich nebenan lag. Alle zusammen sauber und still zusammengelegt wie Laken auf ihren Bastmatten.

Bier, ja, aber wer kann sich das leisten! Er rückte vor in seinem Rollstuhl. Rückte vor mit seinem Oberschenkelstumpen / Humpen / ja, Bier, viele könnten sich das gar nicht leisten! Er eigentlich auch nicht, er lebe von Hartz vier / und könne sich kein Bier / leisten, eigentlich, aber bei ihm sei das anders, er sei Handwerker, bei ihm klingle ununterbrochen das Telefon, mach dies, mach jenes. Er habe viel zu tun, dieses und jenes.

Diese ganzen Leute hier, er treffe sie täglich, auch wenn er sie gar nicht sehen wolle, das sei nun mal sein Bezirk, und all diese Leute hier in seinem Bezirk seien, er rückte vor mit dem Bart, mit dem Bier / hier / in seinem Bezirk, sagte er HIER seine Augen fielen ihm kurz unter die Deckel, er holte sie wieder hervor, schau (sagte er zu mir) / hier / gibt es siebzig Prozent Lesben, und die restlichen dreißig Prozent: Frauen mit Kind.

Und gerade jetzt, da er eine Frau träfe (sagte er zu mir), sage die zu ihm, sie käme von einem anderen Stern. Eine komische (kosmische?) seltsame Frau, eine durchgeknallte Frau VON EINEM ANDEREN STERN sowas, sowas sagen, nachdem er unzählige Lesben hier in diesem Bezirk angesprochen habe, und alle anderen Frauen: Frauen mit Kind! Wo er jetzt endlich mit einer Frau spräche (sagte er zu mir), die nicht lesbisch sei, die kein Kind habe, sage die, sie sei von einem anderen Stern, also er wäre ja für alles offen, aber VON EINEM ANDEREN STERN das sei nun wirklich, er habe in vielen Bezirken gewohnt, seit seiner Scheidung mal dieses, mal jenes, aber VON EINEM ANDEREN STERN dies sei nun wirklich, und er sei bereits seit fünf Jahren geschieden.

Also ja vielleicht, aber nein, rechnete ich dem Handwerker vor, mit dem Knie, dem übergelegten Bein, den Haaren, der roten Haut, den Borsten, seiner kurzen, von der Nacht dunklen Hose, mit seiner Handwerkerweste, die beigefarben und schlaff über sein Handwerkerhemd hing, welches er grob über zähen, roten Armen gekrempelt trug, ja, jetzt sah ich auch, dass auf seiner Brust kein einziges weißes Haar wuchs, nur schwarzer Krauser! Es kann nicht sein, rechnete ich, dass siebzig Prozent Lesben und dreißig Prozent Frauen mit Kind / sind / denn, ich rechnete, es müssen hier, und das weiß ich aus zuverlässiger Quelle, einige Prozent, mindestens fünf, wenn nicht gar zehn, Models leben, alle mit hochhackigen Schuhen, glänzendem Haar, glänzenden Literaturkenntnissen und auch sonst ausgezeichneter Gebildetheit!

Sein Bier war von der Nacht schlecht beleuchtet. Sein stoppliger, weißer Bart, ein Katervollbart, weiße Borsten, durch die die Haut rot schimmerte, von unten hervor.

Er sei Handwerker, er rückte heraus, rückte vor, und jetzt, wo er endlich eine Frau träfe, die nicht lesbisch, die keine Mutter sei, sage die zu ihm, sie sei von einem anderen Stern, er rückte vor, verzweifelt, rückte sich raus aus seiner Lücke, rückte davon, rollte den

Gehweg entlang, sauste in einem Höllentempo davon, sauste wie der Wind, flüsterte uns was, ließ mich sitzen, hier, so.

NEUES AUS DER RASENHEIDE

Heute lief ich wieder in den gelbblättrigen, noch hängen sie dicht oben, die Blätter, in Gruppen, wie immer, und lassen sich vom schönen kalten Wind zauseln, der auch meine Backe zauselte, Park hinein, die Berliner Morgenpost unter dem Arm, und wollte allen, die um diese Tageszeit, zu der jeder anständige Bürger früher gearbeitet hat, nämlich mittags um 15 Uhr, im Park trommeln, rennen oder joggen, zurufen BALD GIBT'S FUSSFESSEL! BALD GIBT'S FUSSFESSEL! FUSSFESSEL FÜR SCHULESCHWÄNZER!

So laufe ich wohlgelaunt durch den Park und denke FUSSFESSEL und denke an meinen Science-Fiction-Roman, der zu den Projekten gehört, die ich nie verwirklichen werde. Der Science-Fiction-Roman trägt den Titel REICH DER ALTEN und wird erzählt aus der Sicht eines Jungen, der von den Alten, die die Herrschaft übernommen haben, die sie mit der Pisa-Studie geschickt eingeleitet haben DIE ZAHLEN SPRECHEN FÜR SICH, versklavt wird, wie alle anderen jungen Menschen auch. Junge Menschen, ungezogen, ungebildet, verblödet, von denen es viel zu wenig gibt, die also zur Sicherung des Standards der Alten verunsichert, chancenlos, ohne Lobby, ohne Zukunft und ohne Gehalt arbeiten müssen, meistens in der Pflege. Manch einer trägt dabei elektronische Fußfessel.

Auf einmal holt jemand neben mir auf. Von hinten. Auf einmal verspüre ich die aufdringliche Gegenwart von einem Anorak und Turnschuhen. Sowas, was viel schneller und kräftiger ist als du selbst.

– Haste Zeit?

Ich, sofort lauthals nach vorne schielend:

– Nee! Auf keinen Fall.

Er:

– Willste poppen?

Die aufdringliche Gegenwart des Anoraks, des eben gesehenen spärlichen oder sportlich-kurzgeschnittenen roten Schnauzbartes, der Anorak, der womöglich nonstop das ganze Leben hindurch genau so getragen wird, der den Gang ausmacht, wie sich federnd und assig zugleich fortbewegt wird, ja, ohne seine Schuhe zu sehen, weiß ich, dieser Mann trägt Turnschuhe, und zwar solche, die ehemals weiß und jetzt grauschimmrig sind. Er nennt sie seine besten Freunde.

Ich, wieder nach vorne schielend, wo das leerstehende Schulgebäude unbenutzt mit seinen Innenhöfen grau und brackig rumsteht:

– Komm! Hau ab!

Er bleibt noch dran. Gegenüber das Café Prinz. Warum kommt denn jetzt nicht der kleine, dicke Hund raus, der sonst immer rauskommt, und bellt uns blöde an. Das würde die intensiv nah- und federnde Dran-Situation irgendwie abmildern. Bald sind auch keine Büsche mehr da.

Ich, nach diesem Gedankengang zusammenfassend:

– Komm! Geh joggen!

Ich latsche weiter, raus aus dem Park, mit verdorbener Laune, haste Lust, haste Zeit, nee, nee, hör mal, lass mal. Über mir der hohe Himmel im schönen Herbst. Irgendwann zieht er Leine.

Ich machte kehrt und lief wieder in den gelbblättrigen, noch hängen sie dicht oben, die Blätter, in Gruppen, wie immer, und lassen sich vom schönen kalten Wind zauseln, der auch meine Backe zauselte, Park hinein. Auf dem Weg zur Hasenschänke, wo ich noch Sonne vermutete, raste auf einmal eine kleine, schwarze Kindergestalt aus dem Gebüsch quer über den Weg, sprang panisch über die Holzabsperrung auf der anderen Seite und verschwand wie ein gejagtes Tier im Wald. Ich blieb hüstelnd stehen, und ich tat gut daran. Denn Sekunden später brachen zwei Polizisten in olivgrünen Ganzkörperanzügen aus dem Gebüsch, man konnte sie kaum sehen in ihren Tarnfarben, und rasten wie Großwildjäger in ihre Walkie Talkies brüllend über den Weg, ohne nach links und rechts zu sehen. Gelten denn in diesem Park keine einfachen Verkehrsregeln mehr? Ich stand wie eine Säule. Übrigens nahe dem Turnvater-Jahn-Denkmal. SAG'S DURCH! SAG'S DURCH! rief der hintere völlig außer sich in den schwarzen Apparat, den er mit sich ins nächste Gebüsch riss.

Wie es so ist mit den Idyllen heutzutage, sie sind nicht mehr. Einmal diskutierte ich auf einer Party mit einer jungen Studentin, sie kam aus Freiburg, Freiburg im Breisgau. Ach, sagte ich, Freiburg. Da kann man mit der Straßenbahn direkt auf den Berg fahren und im

Schnee herumstapfen, irgendwie auf der Höh! Ach, sagte ich, meine Schwester wohnt dort und schaut dort durch das bunte Glas ihrer Veranda auf eine Straße, wo es schön ist und still! Keine Polizei, keine Verfolgungsjagden, keine Jungmänner in Gruppen, die viel zu laut in einer Sprache, die ich nicht verstehe, über Dinge reden, die ich auch nicht verstehe, die sich aber immer so anhören wie kurz vor der Schlägerei. Ach, sagte ich, Freiburg! Ich wollte auch dort wohnen! Es ist so schön friedlich. Warum muss ich in Neukölln wohnen, warum wohne ich nicht in einer Gegend, wo es ruhig ist und freundlich.

Da sagte die Studentin: Das ist nicht das Leben. Das ist nur das halbe Leben. Wenn man in Freiburg wohnt, weiß man gar nicht, was das Leben noch alles sein kann, wie es wirklich ist, was es heißt, in Berlin zu wohnen. Deshalb wohne ich in Berlin. Freiburg ist eine Lebenslüge.

Doch ich sagte: Wer sagt, dass das das Leben ist. Vielleicht ist das Leben auch eine ruhige, schattige Straße. Ein Sitzen in hoher Luft. Ein fröhliches Stapfen im Schnee / Eine heiße Tasse Tee /

Ich fing wie automatisch an zu reimen.

Du, sagte ich zu der Studentin, die älteste Frau Europas, sie lebte bei Arles auf dem Lande. Sie tat überhaupt nichts Besonderes, so las ich über sie in einem Magazin der Pharma-Lobby, das ich im ICE auslegen fand: Sie vermied den Ärger, die Enttäuschung und die ängstlichen Befürchtungen, die sich aus einem bewegteren Lebensstil ergeben. Auch auf anstrengende körperliche Übungen ließ sie sich nicht ein. Es ist nun einmal Tatsache, so stand im bunten Magazin, dessen andere Artikel alle dazu aufriefen, sich gegen alle möglichen Sachen vorbeugend impfen zu lassen, dass Sportler und Fitnessfanatiker sich keines besonders langen Lebens erfreuen. Sie schinden sich zu sehr, und oft nehmen sie das Leben zu ernst.

RASENHEIDE, 04.10. / GEGEN 16 UHR
Direkt vor einem Einsatzfahrzeug lag ein von total aufgeregten Polizisten wie ein Rind zu Boden geworfener Kleindealer, den Kopf in den Staub gedrückt. Ein Polizist warf sich mit seinem ganzen Körper auf den am Boden liegenden Kleindealer, um ihm die Arme mit Handschellen auf den Rücken zu fesseln.

Es ist ein heißer Sommer. Täglich warte ich auf den Anruf von meinem Liebhaber. Ich warte und hänge mich auf den Balkon. Schon längst bin ich zu schlapp, um mich selbst an ein Gewässer zu bringen. Sollen das andere für mich tun. Morgen könnt ihr mich Beppo nennen.

In die Matratze meiner Freundin habe ich bereits ein großes Loch mit meinem Körper gebohrt. Manchmal betrachte ich Fotos mit dem Titel: Langeweile in New York. Man Ray liegt mit einer riesigen Erektion auf dem Bett. Andere junge Männer liegen mit riesigen Erektionen in Badewannen oder auf Teppichen. Sie liegen auf Teppichen oder Betten in einem Apartment, das in New York liegt. Sommer in Berlin. Langeweile in New York. Die Herumliegenden spielen mit ihren Schwänzen. Es ist heiß. Ich schleppe mich aus dem Haus und setze meinen Körper in ein Café. Eine individuell gestylte Turnschuhkellnerin kommt und wendet sich ab. Ich bin zu schwach, um zu rufen: Los her mit dem Cappuccino, du Tussi, weil jetzt ist es zwölf und ich bin müde.

Die Kellner in Wien sind dienstbeflissen. Sie kleiden sich in Fracks und verbeugen sich überhöflichst. Sie stehen an deinem Tisch und singen kleine Lieder. Damit zeigen sie dir zwar auch, was für ein Trottel du bist, aber BITTE zumindest filigran. Die Hobby-Kellner und -Kellnerinnen in Berlin hingegen mengen sich unter die Gäste, als seien sie selber welche. Dann wartet man gemeinsam auf die Bedienung.

ICH BIN ES, DER ENTSCHEIDET, ICH BIN ES, DER JA SAGT Worte von Frank Mackey, unserem Verführer und Zerstörer aus Magnolia. Es ist Tom Cruise. Er ruft RESPEKTIERT DEN SCHWANZ UND ZÄHMT DIE FOTZE. Mein Liebhaber muss diesen Film auch gesehen haben, denn er ruft seit Tagen nicht an. Ohne Kalender, lehrt Frank Mackey, geht nichts. Er ist in eurer Welt von entscheidender Bedeutung. Ihr lernt eine Frau kennen, und bevor ihr sie wieder anruft, was ist von entscheidender Bedeutung? Die achttägige Wartefrist. Und wie könnt ihr euch das merken? Richtig. Ihr schreibt es in den Kalender SEDUCE AND DESTROY.

Mit erhobenen Händen wandelt die Hobby-Kellnerin, die eigentlich keine Kellnerin ist, sondern bestimmt eine berühmte Künstlerin, so wie ich auch – nur dass ich kein Geld verdiene, sondern nur Geld ausgebe, das unterscheidet uns – durch die wackligen Tische, die in ganz Friedrichshain für uns Westler aufgestellt worden sind. Den ganzen Tag sitzen sie hier rum und trinken, sagen sehr alte und vielleicht auch betrunkene Ostler, man traut sich gar nicht mehr auf die Straße. Neben mir frühstücken junge Menschen im Staub. Sie haben drei bis vier junge Kampfhunde mitgebracht, die sich spielerisch am Boden wälzen. HEINI wird immer wieder gebrüllt, es sind Schwaben. Womöglich Hausbesetzer. Das sieht man daran, wie sie HEINI dasitzen, über den wackligen Tisch geknickt, Melonen und Schinken auf kleine Brötchen legend.

Da ertönt eine Pressbohrmaschine, und eine weiße Staubwolke zieht trocken aber beständig auf das Café zu. Ich ducke mich, aber es nützt nichts. Schon wieder muss ich niesen. Ein weiterer Tag neigt sich dem Ende zu. Mein Liebhaber ruft nicht an. Er hält die achttägige Wartefrist ein. Leider bin ich nur eine Woche in dieser Stadt, aber das kann ja Tom Cruise nicht wissen SEDUCE AND DESTROY.

GESPRÄCHE MIT LAUBHAUFEN
ÜBER DIE LETHARGIE

**Die Stadt wird wohl wie immer außen ums Haus her-
umliegen / warum sollte man auf Biegen /
und Brechen unten heraustreten, wo man doch ge-
nausogut?**

**Der Wald, sagt Fahrlehrer Uwe, ist an der Seite der
Straße angebracht. Hinter der Leitplanke. Wir fahren
also nicht direkt darauf zu.**

Laubhaufen findet mich gedankenlos und schlicht zu-
sammengefaltet auf der Couch. Er hat einige Flaschen
mit dem Bier unten am Arm hängen. Aus dem Fernseher schälen sich lauter Einzelpersönlichkeiten heraus. Souverän gelingt Dieter Baumann der Ausstieg
aus seiner Warmupwurstpelle, er findet am unteren
Ende zwei Beine und schaut verklärt drein. Vor ihm
taucht ein riesiger, lilafarbener Knödel auf.
Ich bringe nichts zustande, sehe aber trotzdem immer gut aus, sage ich zu Laubhaufen, der seinen Körper jetzt aufgeklappt hat wie einen Liegestuhl über
dem Teppich, ehe er mit quietschenden Scharnieren
zusammenbricht.
Warum sollte man sich ein Bein ausreißen, sagt Dieter
Baumann jetzt für alle in den riesigen, vor ihm schwe-
benden lila Stoffknödel hinein, wenn man damit noch
5000 Meter rennen kann!

Eine meiner Hände scheint sich in der Ferne würgend lange schon um einen solchen Flaschenhals gegriffen zu haben. Laubhaufen hustet. Ich hole sie zu mir. Wenn jetzt dingsbums, du weißt schon, sage ich zu Laubhaufen, is aber nicht, sagt Laubhaufen und wühlt wieder in seinen Erinnerungsbröckeln herum.

Und auch für Sie heißt es jetzt durchhalten! sagt Heribert Fass-Bendel, unser bärtiger Moderator in Sachen Sport, er hält seinen in einem hellbraunen Slip-Schuh verborgen angedeuteten Fuß über sein Fass-Bendel-Knie.

Kein Glitzer, nichts, sagt Laubhaufen später irgendwie müde, wenn man wenigstens eine Reise tun könnte, aber man hat ja gar nicht die Kraft, tritt man aus dem einen Haus, läuft man automatisch in ein anderes hinein.

Die Automatik ist ein Schlafwandler, sage ich, und weil ich nichts finde, was sich darauf reimt. Reimen ist gut, sagt Laubhaufen, es strengt nicht so an, das zweite Wort rutscht einfach so hinterher.

Wir untermauern unsere These sofort:

müde machen / Sachen /

niedrige Sofarolltische von unten betrachten /
die grauen Lamellen Deines Rollos, die Dich achten /

gemütsames Lehnen an Hydranten /
Bowling Bowling mit Verwandten /

Ey, sage ich zu Laubhaufen, müde kann jeder mal sein, aber so richtig? So richtig immer schläfrig, total interesselos, schlapp, schlaff und irgendwie egal? Ist jeder, der total träge ist, auch immer fett, fragt Laubhaufen. Weiß nicht, sage ich, na, und wenn schon.

Man müsste, spinnt Laubhaufen den Gedanken fort, nichts sagen und dabei leicht aus dem Mund stinken. Wir fuhren fort, da wir nicht wussten, wohin:

Den Anziehsachen beim Liegen auf dem Stuhl zusehen / pinkeln, ohne aufzustehen /

Das Aug auf all den unbekannten Geräten im Raum hängen lassen, das Gewicht ihres Dastehens in das eigene irgendwie Nichts hineinsenken /
STAND-BY denken /

Den Körper auslegen wie in Einzelteile zerfallen /
Hände wie Spüli, Füße wie Quallen /

Auch wenn man, fuhren wir fort, weggeht, den Körper auf der Chaiselongue liegen lassen, niemals die eigene Liege-, Sitz- oder Bückstellung antasten /
das Berühren von Sofatroddeln oder Quasten /

Stück Apfel ohne zu kauen im Mund, ein wenig Geruch nachatmen, nie ein Telefon besessen haben, überhaupt nicht besessen sein und haben, „Telefon" gar nicht kennen, es auch nicht denken und sonst nicht, nicht denken. Das Atmen wie vergessen. Das Verlieren von allem anderen.

Laubhaufen gähnt. Er sagt: Die Bierdeckelmalerei. Stimmt, sage ich, haben wir vergessen, aber egal. Wir bleiben irgendwie liegen und wälzen uns noch ein bisschen auf dem Boden, bis es dunkel wird. Dann vertagen wir das Ganze auf den nächsten, wo meistens auch noch ein Tag angebracht ist.

Ich erzähle jetzt kurz noch, wie ich eine ruhige Kugel schob und wie toll es war.

Also: Ich schob eine ruhige Kugel. Sie war immer schön leis und plapperte nicht so viel dummes Zeug wie andere Kugeln. Die Jubelkugel muss die ganze Zeit frohlocken, während andere vor Schmerz laut aufbrüllen, wenn man sie mal über ein spitzes Steinchen rollt. Sie war echt okay. Diese ruhige Kugel schob ich den ganzen Tag. Ich lief mit ihr von Stuttgart nach Heilbronn und wieder retour, ja, und es war insgesamt ein sehr angenehmer Ausflug.

KAMPFTRINKEN IN DER
NEUDEFINITION NACH ZELLER

Ich kann mich an den Moment in meinem Leben nicht mehr erinnern. Irgendwann oder irgendwie muss es einen Moment gegeben haben, es gab einen Moment, ab dem es nicht mehr hieß: Komm, wir gehen was trinken, sondern: Scheiße, schon wieder total betrunken.
Nur wann war das! Und wie und wer ist schuld!

Ich kann mich wirklich überhaupt nicht mehr.
Das ist das schlimme. Man kann sich selbst nicht mehr trauen. Auch die anderen trauen mir nicht mehr. Noch schlimmer: Sie verschwören sich aufs Fieseste und Gemeinste gegen mich.

Deshalb habe ich den Begriff „Kampftrinken" neu definiert.

„Kampftrinken", früher ein stupider Wettbewerb, manchmal war sogar Teilnahmebedingung, dabei keine Haare zu haben, ein sportliches, sinnentleertes Messen der Trinkgeschwindigkeit alkoholischer Getränke, wobei der Ausführende zugleich als Messbecher agiert.
„Kampftrinken" neu, in der Neudefinition nach Zeller, Kampf Betrunkener um Wahrheit und Gerechtigkeit.

Ein Kampf, den ich, kaum bin ich betrunken oder kaum finde ich mich in total betrunkenem Zustand wieder, führen muss, denn kaum bin ich betrunken oder total betrunken, werde ich von anderen Betrunkenen belästigt, beleidigt, hintergangen, belogen und betrogen. Oftmals bilden sie eine Gruppe und verschwören sich gegen mich. Sie sind das Böse. Sie wollen mir kein Bier mehr ausschenken. Sie weisen mich aus dem Lokal. Sie fordern mich auf, irgendwelche Scherben aufzulesen. Das mache ich aber nicht mit. Denn ich bin ich. Ich bin voll. Ich kampftrinke. Ich will und verlange Gerechtigkeit. Da wiederhole ich mich gerne mal.

Vielleicht ist es, weil ich den Zustand des Betrunkenseins nicht mehr als schönen Rausch erlebe und die um mich herum Trinkenden nicht mehr als ebenfalls schön Berauschte. Es sind nicht mehr meine Trinkbrüder und auch nicht meine Trinkkameraden, es sind Pappkameraden, und ich bin auch nicht in dieser Kneipe, weil ich eine Fickgelegenheit suche, obwohl ich schon über dreißig bin. Spricht eine Frau über dreißig im besoffenen Zustand einen Mann an, egal wie alt, bedeutet das soviel wie: Du, ich glaub, ich will ficken. Da kann man sagen, was man will. Zum Beispiel: Hallo. Guten Abend. Oder: Bäume sind cool.

Neulich zum Beispiel betrat ich bereits über dreißig so gegen zwölf eine Kneipe und sagte: Hallo. Und was war die Antwort? HE DEINE BRILLE SIEHT TOTAL SCHEISSE AUS. Es war ein mittelgroßer, total betrunkener Mann. Er suchte Streit. War doch so. Ganz klar. Oder? Warum sonst sollte er einfach so zu mir sagen: DEINE BRILLE SIEHT TOTAL SCHEISSE AUS! Wie ich finde, völlig ohne Grund. Oder? Wie kommt der überhaupt dazu, was, und wenn ja! denkt er sich eigentlich! Wie! Sage ich zu ihm HE DEIN KAROHEMD SIEHT TOTAL SCHEISSE AUS? Nein, sage ich nicht. Wieso sollte ich das! Warum sollte ich mich für die bekloppten Hemden anderer interessieren! Dieser Typ hat ein Problem. Oder? HE DEINE BRILLE SIEHT SCHEISSE AUS. Das würde er nie zu euch sagen. Irgendwas will er. Ich würde mal sagen, Streit. Klarer Fall.

So redete ich. Ich war Jesus. Ein bebrillter Jesus ungefähr in dem Alter, als Jesus bereits am Kreuz für uns und unsere Sünden gestorben ist.

Dieser Mann muss die Kneipe verlassen, sagte ich zu meinem Freund, der in letzter Zeit, seit die Ära des Kampftrinkens von mir eingegongt worden ist, nicht mehr viel Freude daran hat, mit mir mal was trinken zu gehen. Oft stützt er mich nach Hause, während ich mit heiserer Stimme predige. Es ist so was wie eine Stimmautomatik, die in mir irgendwie ausgelöst wird, seit die Ära des Kampftrinkens über mich hereingebrochen ist. Oft halte ich meinen Vortrag: Wieso sollte eine Frau über dreißig irgendnem Typ sein Weizenbier wegnehmen! Ich trinke nämlich überhaupt kein Weizenbier, und neulich, als mich dieser Mann beim Wirt völlig ohne Grund, denn ich hatte ja gar nichts getan und kann Weizenbier wirklich überhaupt nicht ausstehen, quasi anzeigte, der

Mann beschwerte sich beim Wirt, ich hätte ihm sein Weizenbier gestohlen, ICH hätte ihm sein WEIZEN-BIER WEGGENOMMEN, kam ich in eine wirklich prekäre Situation, weil ich hatte gerade zufällig ein Weizenbier in der Hand, obwohl ich sonst nie Weizenbier in der Hand habe, das hatte ich ihm aber nicht WEG-GENOMMEN, sondern ABGENOMMEN, netterweise, quasi ABGEKAUFT, weil er sich angeblich VERBE-STELLT hatte, und zwar erst nachdem er sich von der Bedienung alle Biersorten hat aufzählen lassen. Ich kann Typen nicht ausstehen, die sich von der Bedienung alle Biersorten aufzählen lassen und sich dann ein Weizenbier bestellen. Und wenn das Weizenbier dann da ist, fangen sie an zu mäkeln und zu motzen: Das hatte ich aber nicht bestellt. Wasn das! Ein Weizen? Allein um die Bedienung zu triezen. Deshalb habe ich der Bedienung zuliebe eingegriffen und gesagt, okay, ich, Jesus, ich nehme das Weizenbier, soll er sich doch was anderes bestellen. Der Wirt verwies mich des Lokals. Da ging ich heim und predigte.

Oft wende ich mich um und beleidige diese gottlosen Menschen, diese profanen Trinker, diese eigentlich harmlos verblödeten Gestalten, so gut ich kann, und ich kann das ziemlich gut. Weil ich eine Dame bin. Mein Freund neben mir bekommt es allmählich mit der Angst zu tun. Schon einmal wurde er aufgefordert, aufzustehen / und mit raus zu gehen / weil ich einen Literaten beschimpft habe. Der Literat kam an den Tisch, lehnte sich wichtig dran und drohte: Wer von euch hat das gerufen? Und ich deutete auf meinen Freund und rief: Der war's! Ich fand das einen guten Witz, und ich musste so sehr lachen, dass ich schnell auf Toilette verschwand, wo ich mich ausschüttete. Ich war nicht Judas, ich war Jesus, und ich finde, ein guter Literat braucht auch gute Ohren, und wenn er nicht mal eine Frauenstimme von einer Männerstimme unterscheiden kann, dann gute Nacht! Ein Berufswechsel steht an. So hat sich quasi als running gag zwischen mir und meinem Freund eingebürgert, dass ich oftmals, wenn mich andere Betrunkene belästigen, zu ihm sage: Geh raus und mach ihn fertig! Der Typ redet scheiße. Diesen running gag findet mein Freund, glaube ich, nicht so lustig, auch der Wirt fand den Witz nicht lustig, wusste er ja nicht, dass das ein Witz war. Ich sagte zum Wirt: Ich nehme doch niemand sein Weizenbier weg, wer bin ich denn! Das wusste der Wirt aber auch nicht. Auch mein Freund tat so, als habe er mich noch nie gesehen. Später behauptete er, er habe mich noch nie mit einem Weizenbier gesehen. Er habe sich gewundert, wieso ich ein Weizenbier in der Hand gehalten habe. Und ich erklärte ihm alles mit der Geduld eines Betrunkenen nochmal: Erst zählt er alle Biersorten auf, und dann: Was bestellt er sich? Ein Weizenbier, verstehste! So ein Käse! Und dann will er es gar nicht. So ein Scheißdreck. Ich bin Rudi Völler, das lebende Tourette-Syndrom.

Vielleicht ist es aber auch, dass ich mich zur falschen Zeit stets am falschen Ort aufhalte. Gelingt es einem nicht mehr rechtzeitig, Neukölln zu verlassen, landet man unweigerlich im Koma, im Dilemma oder im Sandmann. Dort landen Menschen wie du und ich, Menschen zwischen 40 und 60, Menschen, die vor Jahren als Künstler nach Berlin gekommen sind, oder als Keramiker, und die sich heute gerne mal als „Revolutionäre" bezeichnen. Wegen früher. Wie gut, sagen sie, dass es in Berlin wenigstens noch Revolutionäre gibt, saufen und meinen sich selbst. Wenn der Morgen dämmert, haben sie wenigstens eine Fahne und können damit so richtig loslegen. Meine Pappkameraden. Sie ziehen mit ihren Fahnen durch die Straßen nach Hause.

EINE NOTIZ ZUR AUTORIN

Spätestens seit dem metadokumentarisch-schrägen Bühnenwerk „Bier für Frauen" (2002) gehören die Stücke Felicia Zellers zu den interessantesten Erscheinungen im deutschen Theater. Eine ihrer jüngsten Arbeiten, „Kaspar Häuser Meer", eine Untersuchung der Jugendsozialarbeiterpsyche mit den typisch zellerschen Mitteln der Groteske, erhielt den Publikumspreis bei den Mülheimer Theatertagen 2008.

Aber Felicia Zeller, 1970 in Stuttgart geboren und zur Zeit in Berlin lebend, ist nicht nur eine gefragte Dramatikerin: Einige ihrer Geschichten erschienen bereits in literarischen Zeitschriften, sie ist Ärztin der „Landessexklinik Baden-Württemberg", entwickelt Kurzfilme und macht aus ihren Lesungen wunderbar abgedrehte Performances.

Der hier vorliegende Erzählungsband ist ihr Prosadebüt.

Für die Einbandgestaltung dieses Buches wurde ein Bild aus der Serie „Jahrgang 74" von ARNO BOJAK verwendet. Der Maler Arno Bojak, geboren 1974, hat an der Kunstakademie Düsseldorf studiert und erhielt namhafte Preise und Stipendien. Er lebt und arbeitet in Berlin.

Voralpenlandschaftler, 2007, Acryl auf Nessel, 60 × 50 cm

Die Reihe LILIENFELDIANA
richtet ihr Augenmerk auf die Kunst der kürzeren Form:
Kurzromane, Novellen, Erzählungen, Skizzen, die es verdient haben,
besonders hervorgehoben zu werden.

Bereits erschienen:
Band 1: Knud Hjortø, Staub und Sterne
Band 2: Hjalmar Hjorth Boyesen, Selbstbestimmung
Band 3: Herbert Schlüter, Nach fünf Jahren

© Lilienfeld Verlag, Düsseldorf
1. Auflage 2008
Alle Rechte vorbehalten
Gestaltung & Satz: Jan Frerichs
Einbandgestaltung unter Verwendung eines Gemäldes
von Arno Bojak, © Arno Bojak
Fotografie Felicia Zeller:
© Valentin Wormbs

Text und Bilder zu „Der Maler R. Dietrich"
waren Teil eines Projekts von Felicia Zeller und Arno Bojak
mit der Galerie Peter Tedden, Düsseldorf, und sind dem
2002 dort erschienenen Auktionskatalog entnommen.

Druck und Bindung: freiburger graphische betriebe
Printed in Germany
ISBN 978-3-940357-07-6

www.lilienfeld-verlag.de